台北故事

台北人 著

目次

36

上部

一

九六年那個冬天，我跟高鎮東終於去泰國玩了一趟。很多年前就說好的，具體也忘記拖了多久，卻一直記得有這件事。

那是我們第一次出國。一分一毫用的全是自己的血汗錢。花錢是件特別有快感的事，可我又比較矛盾，因為早年曾被債務差點逼瘋過，有些不捨。高鎮東告訴我：「難得一次，對自己好點，該花錢的時候就別省，以後才會越來越好。」倒是他一貫的享樂宗旨。

旅行社說這時的泰國應該還處在夏季，我們挑在十月出發，那個禮拜卻正好撞上台灣那年第一波提早報到的寒流，我們兩個大男人在中正機場穿著套頭長褲上飛機，又在飛機上逼仄的廁所裡換衣服，手腳都伸不開，換完後才覺得好笑，為什麼不落地後在機場換呢……

我們不免俗去看了一回遠近馳名的人妖秀。台上的彩光閃個不停，上頭那些身材火辣的人妖一個比一個暴露，頂著高聳的羽毛冠搔首弄姿，胸前那條溝深不見底，比真正的女人還風騷數百倍。說實話，要不是我買票前確定自己看的是人妖秀，我絕不會將台上那些「皇后們」跟五大三粗的男人聯想在一起。以前是聽別人提，親眼目睹後，仍覺得匪夷所思。我原本以為這些人就跟同性戀差不多，可後來想想又不是那麼一回事。我雖喜歡男人，但也從沒想過去把自己的陰莖給割了，甚至去變性……越想越投入，甚至有點頭皮發麻，不由自主夾緊自己的腿。

斜眼撇了眼旁邊已經完全入迷的高鎮東，他坐姿豪邁，一手搭在我身後的椅背，高鎮東的個子比我要來得高一點，正興致濃厚地盯著臺上的「皇后們」，顯然沒我想得那麼多。

這是成人秀，越往後許多橋段越偏露骨，性暗示意味濃厚，觀眾席歡呼不斷爆出口哨聲。

忽然間高鎮東的臉湊到我耳邊，右手做出刀砍的動作在腿間劃了兩下，說：「他們下面是不是真的——」

我偏過頭，昏暗的視線裡，與他的臉幾乎貼在一起，忍不住翻了白眼。他哈哈大笑，攬著我的肩膀晃了晃，看得出心情相當好。

出國以前，我原以為泰國只是人妖出名，後來才發現，這個國家簡直是同性戀的天堂。

他們的開放程度在我看來極度不可思議。台北當時也算繁榮吧，但我們每天還是活在見光死的恐懼裡。有幾年我固定在一間聊天室裡出沒，裡面大多是同類，有人飢渴藉此管道約炮，也有人是上來純聊天，匿名讓人大膽暢所欲言，想說什麼說什麼，在那間聊天室裡，我感覺不再那麼孤獨，因為這裡每個人全都是一樣的。

跟高鎮東在曼谷遊魂似的閒晃五天，令我們大感興趣的仍是當地的夜生活。

我們去了幾間酒吧，光是在街上就見到不少男人與男人大肆親熱。起初我受到不小的衝擊，沒過多久竟變得相當習慣，誰讓我跟高鎮東也入境隨俗成為了其中之一。大概是人在異鄉的緣故，特別容易放鬆，在這樣魔性的氛圍中，身心皆在躁動。同樣身為男人，我大為同意男人是下半身動物的說法。

我們是一種特別容易受到勾引的動物。

在台灣時，高鎮東的女人緣就很好；出了國，同樣受到男人的歡迎。有幾個當地男人主動湊近我們跟高鎮東搭訕，嘰哩呱啦說了半天泰文混英文，我半句都聽不明白，幸虧高鎮東的英文一樣夠爛，除了 Thank you、Fuck you 外，基本就是個英文盲，但事實證明，語言不通阻止不了人的浪蕩，眼看那幾個嘰嘰歪歪的娘炮糾纏不放，有個平頭矮個兒甚至直接用下體蹭起高鎮東的胯下，高鎮東一張臉全綠了，瞄了我一眼，隨即攬過我的肩膀，響亮地在我的臉頰上啵了一口。

這要是在台灣，他絕不可能這麼做。我將菸叼在嘴邊，不知為什麼，沒頭沒尾地想起泰國是染愛滋的高風險國家……

高鎮東的舉動引起周圍一小片騷動，卻也很快淹沒在震動的音浪中，那幾個娘炮眼看沒戲，一哄而散，高鎮東並沒放開我的肩膀，飆了句三字經，酒吧正播著首英文快歌，我記得曾在高鎮東的家裡聽過，卻叫不出歌名……

高鎮東早年跟人在街頭混，舉手投足都帶著點流氓氣，聽說以前他還打過我們學校好幾個學生，一天到晚惹是生非。他大哥的八大行業搞得有聲有色，八五之後，生意遍布北中部地區，引得一票人眼紅，勞力仔的名號在這行當裡報出去，幾乎無人不曉。酒店錢撈得凶，光是開支洋酒就要破萬，高鎮東告訴我，以前他們店裡，曾經一晚收入就逼近百萬，在那種風光年代，錢就像不要命地往手裡鑽，小姐少爺小費拿到手軟，還常常有紅包拿。他說那十年，勞力仔靠夜總會跟酒店，就攢了好幾千萬的身家，這些都還沒算上三溫暖、撞球室以及其他檯面下的灰色收入。

高鎮東十幾歲時也在撞球間裡打工，其實算一算，他在街頭作小混混的時間也不多，也就是十七到十九歲那兩年，他告訴我：「那時我什麼瘋狂事都幹過——以前覺得很酷，可現在想想，又覺得那種生活其實一點意思都沒有。」我問他那你還混什麼混，他笑說：「閒哪！我很早就不讀書了，不混我還能幹嘛？」

可能高鎮東真覺得這種生活沒意思，於是接到兵單之後，也沒拖拉，很乾脆地跑去當兵，兩年退伍後，又輾轉到他大哥的酒店做少爺，一幹好幾年，最後還被他弄到一個經理的位置。說出去都好像很風光。他長得帥，滑頭起來也夠油滑，小姐都很賣他的面子，他說什麼就幹什麼，還有些甚至非要倒貼送上門跟高鎮東睡覺。

高鎮東的人生不知道因為長得帥這件事占了多少便宜，也很習慣了，我曾對他這種心態感到不齒，但也不得不承認，當初就是看他長得帥，才會跟他混到一塊去。

高鎮東對我來說一直有種難言的吸引力。

我抗拒不了這種誘惑。嘴上不說，但跟他在一起，快樂便來得很輕易。

性向是隱蔽又刺激的話題。以前讀國中時，我曾親眼目睹班上一個女生的褲子從內而外滲出點點斑斑的鮮紅血跡。當時那一幕不只有我一個人看到，班上很多人都看到了。

在那性徵迅速甦醒的青春期，我們雖然是男生，也都隱隱知道那是什麼東西，後來男生們開始不停譏笑那個女生，那個女生哭了，跟好友從班上捂著屁股跑出去，隔天就請假不來了。

當年那幕震撼的視覺記憶，一直深印在我腦海，多年後回憶起來，畫面依舊清晰。那灘血猶如一根針，不時就跑出來刺激我，毫無原因。我也不知道自己為什麼會牢牢記著這件事，直到第一次夢遺那晚，我從床上驚醒，第一件想起的事，竟是那件滲血的螢橘色運動褲。

我從小不比我弟外向與開朗，偏偏這方面開竅得特別早。

台灣的經濟在進步，風氣卻仍然保守，那個年代，同性戀幾乎就是個貶義詞，正常人對這個群體不抱善意，甚至覺得同性戀全有愛滋病。

我漸漸察覺到自己在一個最不該不正常的方面產生了異常。我相當恐慌。在發育抽高的時期裡，數不清幾個深夜，我一邊抽筋，一邊又幻想這個祕密在未來某天被發現的場景而失眠。從前觸發這種恐懼的是我父母；成年後只是轉移到面積更廣的社會與生活。

我也跟女人試過，但結果總以失敗告終。我可以對女人生理勃起，心理卻很難有真正快感。

高鎮東從頭到腳就像一盤天生為我特調的好菜，哪裡都極度吸引我。

我沒與女人真正交往過，說實話不是太瞭解女人，但男人的愛肯定是缺不了性的。兩個人光談情不做愛，好比一堆缺乏火苗的乾柴，不會燃燒，就不會發熱。不會發熱，就沒有激情。

以前我以為自己追求的不過是一份長久安全的性關係。我怕染病。不只因為我怕死，還更怕以某種不體面的方式死去。我以為這是我不習慣頻頻換對象的原因，可時間一久，又覺得不對。

我不懂怎麼形容那種不滿足的感覺，只知道空虛寂寞有時能把人折騰得發瘋。連射精都解決不了。男人跟女人一樣，只要是人，在感情的世界少有不貪得無厭——這是我身邊唯一一個曾與我私交甚深的女性朋友告訴我的。

她叫陳儀伶。

陳儀伶一生情路坎坷，換男友的速度跟換衣服一樣快，可每段感情結束之時，都足足要她半條命。她這輩子最後一段的男女關係，是做了別人的小三，對象是辦公室裡的上司。大學畢業後她從事保險業，身邊的男人來來去去，多是客戶。之所以會與她認識，是因為有一天她開著一輛明顯是男人才會開的轎車來到我那時第一間工作的車行。正好是我接待她。

那時我雙手沾著黑色機油，緩緩降落的車窗後，是一個哭得兩眼發紅的女人。

我雖喜歡男人，但仍不影響我的正常審美。陳儀伶最初給我的第一印象，除了漂亮還是漂亮，神韻和港星陳寶蓮有五分相似。她向來對得起她超級業務員的身分，跟人搭話一點都不怕丟臉，她送車來修，約好取車的那天，當著車行一票男人眼前，唯獨要了我的電話，態度大方自然，搞得那整天所有的師傅都在酸我桃花開了，讓我好好把握……

陳儀伶確實曾對我有過那種意思，我拒絕了，卻一直沒敢告訴她真相。

這些年我們一直保持這種不冷不熱的聯繫，她常約我出去喝酒，也會告訴我許多私事，偶爾也會要求我說點自己的。這段「友誼」持續八年，當年莫名其妙的開始，最後也莫名其妙的結束。陳儀伶自殺前，曾打電話約過我，那時我正跟高鎮東經歷二次分手，沒閒工夫理她，誰知道那次錯過，就是陰陽兩隔。事後仔細回想，其實一切早有徵兆。那一年她經常把死字掛在嘴邊，但我以為她就是說說，每次見面她仍然把自己打扮得亮麗動人。很多細節被我忽略，後來我或多或少覺得自己對不起陳儀伶，那是這輩子我第二次覺得自己虧欠一個女人；第一次，是我媽。

高鎮東眼下有兩條肥厚的臥蠶，俗成桃花眼，笑起來特別風流。在泰國那幾天，他心情很好，幾乎每天都在笑，橫豎看上去就是個多情人。我想可能連他自己都不曾察覺，當他盯著別人看的時候，經常給別人造成什麼錯覺，才總有人甘願上當受騙。高鎮東騙人已經成為某種下意識的習慣，謊話張口就來。沒什麼人會喜歡無緣無故被騙。我媽當初把家裡的錢全拿去跟會，被人倒會，那時我才知道電視劇裡，那些健全家庭一夕之間家破人亡的橋段在現實中原來真有可能發生，不用等到他們發現我是同性戀的那天了，我爸就因為這件事被氣得中風；我媽作了半輩子保守婦女，要說人生曾經犯下什麼大錯，也就只有那一回。因為這個爛攤子，她嚇得不敢回家，深夜在外徘徊，遇到一群飆車仔搶劫，搶了她掛在身上只放了三百塊錢和一罐未拆封巴拉松的皮包……

那件事發生後，我在警局看過那段監視器錄影帶。

……皮包背帶緊緊勾住她的身體，她被機車在柏油路上拖行了一段距離，四肢磨得皮開肉綻，據醫生的說法是，大約是機車停下來的時候，我媽就已經沒氣了。

我媽走了，我爸中風倒下，那一年，我們家距離支離破碎四個字已經不遠。

那年我快十八，覺得人生無望，因此走過一小段岔路，甚至還動過殺人的念頭。我走到五金賣場買了一把水果刀，渾渾噩噩在天母公園坐了一夜，用了整晚去思考，是要先砍死那群飆車仔，還是那個將我媽的錢全部捲走的劉芝梅女士，我甚至還想了一些方式——總之，那段時間堪稱我人生當中最混亂的時期。

「咚滋咚滋咚滋——」

酒吧音樂極其大聲，舞池裡擠著一群瘋子。有老外有洋妞，有各色人種，全像嗑了藥般，瘋狂地扭腰擺臀，肢體磨蹭，畫面帶有濃濃情色味道，在震天的樂聲中，高鎮東說了一句什麼，我沒聽清，他把嘴裡的菸抽出來夾在指縫，吐出一口白霧，又重複一遍：「爽不爽？」

我看著他，應了一聲，說：「還不錯。」

其實應該算是很爽，只是口頭不願承認。

他笑了，把我攬得更緊，我心裡有股隱晦的激動，被高鎮東徹底觸發，伸出手抱住他的腰，高熱的體溫透過衣料熨貼在皮膚上——那是我們第一次在公眾場合裡情不自禁地親近，好像就這樣融入了這個神奇的國度，自由、狂熱、不顧一切……

那五天過得很快，離開的那天，我有種依依不捨的恍惚感。

台灣雖然是熱帶海島，卻也有屬於它嚴寒刺骨的季節，冷起來的時候，毫不含糊，在這裡玩得夠久了，我們終究得回到那個冷冰冰的冬天裡去。

半夜，我們離開曼谷酒吧，高鎮東的心情非常好。本來他看起來也不顯老，在黑夜中爽朗的笑臉更把他整個人襯得年輕了好幾歲，好像又回到我們剛在車行認識那一年。在深夜的小巷內，他半醉半清醒地胡言亂語：「等明年！明年我們去香港，後年去日本，大後年再去美國——你要是想再來看人妖，我們再來啊……」

我們勾肩搭背走在曼谷靡靡的夜色裡，來往的人潮與我們擦肩而過，有人用曖昧的眼神打量著我們，奇異的是，我並不感到慌亂。或許就是仗著沒人認識，膽子也跟著大起來。泰國就像那種不存在的人間天堂。我感到前所未有的輕鬆——這種感覺太好了，真的太好了。

兩條街上處處有人舉著成人秀的牌子拉客，歌舞聲繁雜，鋼管舞女郎在五光十色的酒吧門口直接火辣地表演起來，下半身一條豔紅的三角褲和黑色網襪，整個人倒掛在銀色鋼管上，底下閃光不停；筆直的路口有個專宰觀光客的計程車站，全是用喊價的；汽車的大燈在馬路上晃過一抹虛白，走著走著，體內就湧出一股漩渦，我忽然很想跟他做愛——跟高鎮東一起射精、高潮。我想大聲喊高鎮東的名字，告訴他，我很喜歡他……

我永遠忘不了我跟高鎮東在曼谷的路邊熱吻過。

那晚街頭下著細雨，那個月正好是泰國雨季，招牌上的霓虹燈在濕氣裡模糊暈開，街口距離並不遠，看起來就在月亮高掛起的那一頭，我和高鎮東搖搖晃晃地走了很久，腳步踉蹌，走幾步又停下來啃咬著對方的鼻子、臉頰，然後哈哈大笑。

我們無拘無束，自由自在……

有些事情，提前想得太多，反而讓人感到膽怯。關於未來，從很久以前我就已經抗拒想得太遠，我不知道以後會怎麼樣，那時我每天都在告訴自己：明天的事，就讓明天再說。

二

高二休學後我決定去做黑手，倒不是真的多喜歡這行，只是聽人說若能從學徒熬到出師，以後也能賺很多，就是前面比較苦。我沒有考慮太久，就把決定告訴老爸，他很支持我，說去學個一技之長也好。

在第一間車行作學徒的日子很操，我沒有半點經驗，一切從零開始，起初每天累得跟狗一樣，生活好像除了工作，就剩吃飯睡覺，再沒餘力去想其他事情。

我第一個師父，就是當時的車行老闆曾對我說過：人不一定知道自己想要什麼，但一定知道自己不想要什麼。這句話當年給了我很大的衝擊，猶如當頭棒喝。

家裡出事後我選擇休學上班，並不是我真有多偉大，而是我有自知之明。我就不是讀書那塊料，成績吊車尾，留過級，毫無心思在課業，倒不如出去賺錢。老媽過世後有段時間，我情緒一直不穩定，時而暴躁，時而陰鬱，說也神奇，我師父那句話突然打醒了我，就一句話，我愣了很久，長時間四散的遊魂像是一下全歸了位。

師父敏銳地察覺到我的變化，卻不是很明白發生了什麼事。我悶不吭聲，往後工作更加埋頭苦幹，其實心裡一直很感激他。

生活作了一場大噩夢，這個噩夢維持了半年多。夢裡沒有任何妖魔鬼怪。沒有血肉模糊。可怕就在於裡面什麼都沒有。在很長的一段時間裡，我覺得自己很「空」，腦子很糊，不知道自己該幹什麼、想幹什麼，但生活的困頓又使我維持一絲該幹點什麼的清醒。我很急迫。大約是這樣，才產生那種荒唐到極點的念頭……

那年我還差幾個月就要滿十八。

當時的我像是鬼附身，孤身帶著刀在公園坐了一晚，事後回憶這件事，自己都覺得膽顫心驚。

那晚風很涼。我忽然有一股報復的衝動，非常強烈，我想去殺人。我記得那晚我獨自坐在公園，懷裡藏把刀，世界那麼大，好像只剩下自己一個人，昏天黑地，無人來幫忙。

沒過多久，深夜巡街的員警就來了，見我深夜坐在公園，就走過來盤問，可能是我的樣子看起來太糟糕，也許就像武俠小說裡描述的那樣，充滿殺氣也不一定。

我沒有太驚慌，好像豁出去了，那警察問什麼我答什麼，姓名年齡，又問我有沒有證件、為何不回家，我不曉得自己哪根神經出了毛病，直接對那個年輕警察說，我想殺人。

我這輩子都記得當時那位警察的表情。他先退了一步打量我，後來大約是懷疑我喝了酒或嗑了藥，一直與我周旋，接著就從我身上搜出那把在家庭五金買的三百九十九塊未拆封的水果刀。這件事讓我進了警局。因未滿十八歲，也尚未作案，經過一連串盤問，最後還是把我送去驗血。結果一切正常。他們將之歸於青少年心理問題，還感嘆發現得及時，後來為了教化我，照程序把我強制安排到少福機構定期做心理輔導。

我的輔導師是一位姓林的中年女性。幾次面談下來，覺得我問題不大，卻也不敢掉以輕心。瞭解我們家裡的狀況後，搖頭歎氣，每次的輔導時間不斷給我灌輸正面思考，她認為我不算走得太偏，只是一時衝動，常鼓勵我多交些同齡朋友，告訴我即使休學了，也要跟以前的同學多加聯絡。她老說我太沉默，其實我只是對她無話可說。

那晚被送到警局後，隔天我差不多就清醒了，回過神，對於自己前一晚的行徑，自己也嚇出一身冷汗。

那個程瀚青像是我又不是我。我不是推卸責任，只是自己也感到奇怪，那幾天夜裡，我躺在床上，總是在回想那件事：要是那晚沒有遇到那個警察，我真的會跑去殺人嗎？然後再進監獄，坐牢，等著被槍斃，到時家裡就剩程耀青一個人扛，那差不多也完蛋了……

後來那把水果刀，警察局沒有還給我。我爸知道這件事後，表現得很鎮定，我以為他至少會大發雷霆揍我一頓，但他卻一個字都沒說。送走家訪的社工後，他沉默許久，幾度欲言又止，最後只化作一聲歎息，聽得我異常難受。除了定期的社訪之外，社工們還替我家申請了社會補助。我爸自從中風之後，情緒變得更難捉摸了，本來就不是脾氣多好的人，直接成了顆不定時炸彈。我們家連我就兩個兄弟，休學後我負責扛起家計，我弟弟程耀青課業上進，小學就跳級，家裡還沒出事前，我爸媽對他的期望就一直很高。我跟爸商量了一下，結果是讓程耀青繼續上學，努力拚個國立大學，寒暑假他如果堅持要去打工，我跟我爸不會去管他。

老爸中風的程度不算非常嚴重，休養一年多之後，基本的自理能力逐漸恢復。我初期做學徒的工時很長，一天二十四小時，接近一半的時間都不在家，一回家就是倒頭睡覺。程耀青幾乎一肩擔起照顧老爸的責任。在外人眼中，多數人都把我看成一個很有責任感，為家庭犧牲的長子，其實不然，反過來講，我有時反而覺得程耀青付出更多。

老媽過世後，我對於「回家」產生了某種難以言喻的抗拒。

常常踏進家裡那扇紅色鐵門，我就壓抑得喘不過氣。我老覺得我媽其實還在這個家裡。她的哭聲在每個角落都有回音。

程耀青也不再愛笑了。以前原本是個非常開朗的臭小子。

我不想回家，連帶疏遠僅存的兩個至親，我摸不清這種心態為何，說是厭惡不盡然，好像血緣至親一下子都成了熟悉的陌生人，見到他們總是無話可說，整個家裡變得太安靜了，安靜得叫人老想逃跑。我媽辦頭七的時候，老爸還在陽明醫院住院，她的遺照被我暫時擺在客廳旁邊的桌子上，距離電視機和那台銀色收音機不遠，後來那張照片就一直擱在那裡了，再沒人去動過它。

偶爾在客廳看電視時，我會心神不寧，餘光就能看到電視機旁那張照片，我老有錯覺照片裡的老媽正在盯著我看。那雙眼睛就那麼盯著我。旁人可能覺得毛骨悚然，但對我、甚至對程耀青來說，它始終是塊難解的心結。

我們家這間房子是老公寓，夜半時廚房偶爾會出現吱吱吱的聲響，是老鼠的聲音，所以家裡有擺黏鼠板的習慣。我媽生前就是個膽小如鼠的女性，最怕的東西又是老鼠，只要聽見廚房傳來她的尖叫聲，家裡三個男人就明白八成又是老鼠現了形，所以黏鼠板通常都是我們負責輪流去收拾，有幾次捕到的大老鼠，死相難看，牠們的皮毛被強力膠水黏到後還在垂死掙扎，搞得皮開肉綻，肚破腸流，弄得廚房臭氣熏天。以前我在處理牠們的屍體時，有時是一邊嫌惡又一邊忍不住想：還不如一開始就不掙扎，餓死總比被扒皮來得強吧。那時老媽就躲在客廳，遠遠地問：「青仔，好了沒呀？收得乾淨點，新的黏鼠板記得擺上去！在角落放點柚子皮啊！」

我彷彿又聽見她嘮叨的聲音。

所以今世裡，不停地尋尋覓覓
於是萍水相遇，於是離散又重聚
我心盼望，讓濃情一段隨時光流遠
再回到開始……

《玫瑰人生》是當時台視熱播的八點檔，講的是舊時代裡一個日本軍官和一位中國女人的愛情故事，我媽一到整點就守在電視機前，連續劇開頭許景淳的歌聲在客廳裡響起，那一小時裡沒人會跟她搶電視，反正也搶不贏。她時常在飯桌上對著我們父子三人嘮叨劇情，抱怨我們都沒人要陪她看電視。

莫忘記，就算在冷暗的谷底
只要你將該我的還給我
我也以最熾熱的還給你
此情不渝……

「老大，弟弟考上了成功啦！」
「老大，別亂扔襪子。」
「老大，過來陪媽看電視。」……

我發現自己沒有勇氣直視老媽那張遺照。並非害怕，不，或許也有點害怕。窗外偶爾傳來馬路上車輛呼嘯而過的聲音，家裡很安靜，心臟被扔到強酸裡浸了一回，反覆撈起又扔進去，灼人的悲哀來自四面八方，從我的眼耳口鼻裡倒灌進去，我忽然覺得喘不過氣，上半身幾乎壓到大腿上，開始還在忍，咬緊牙關，但很快就再也忍不住……

我坐在沙發上，那天是老媽過世後，我第一次在家裡痛哭流涕。

我再次清晰地體會到一個事實：我沒媽了。

我沒媽了。

我是典型的逃避型性格，不想面對的問題，寧願讓它就擺著腐爛，也不願主動去解決。好比當年老媽的事。好比家裡日漸沉重的灰色氣氛。所以我逃了。把錢的問題一肩扛起，看似辛苦，其實不過是在問題與問題之間做了選擇，把我不想面對的全丟給程耀青去承受。我沒問過他願不願意，家裡氣氛很糟糕，我猜他其實也不想被鎖在那間死氣沉沉的房子裡，但他又能怎樣？

面對生活，我們誰都不能怎麼樣。

今天這個家變成這樣，我埋怨的對象一直在轉變。老媽過世之前，我怨過她；老媽過世後，我恨那群飆車仔。更恨那個叫劉芝梅的婦人。我恨過我爸。也恨過自己。到最後這種恨意又變質了，成了一盤散沙，卻沒能隨風飛散。

我媽的喪事辦得極簡單，沒通知太多人，除了我們兄弟倆，就剩幾個零零散散探望的親戚。我跟程耀青一直輪流跑醫院，程耀青好像察覺到我不是那麼願意去看我爸，也沒問我，後來就自顧在醫院常駐，只抽空回來家裡上香、洗個澡，每次都待得不久。

劇變讓這個家集體變得骨感沉默。以前總覺得一家之主是我爸，他絕不能倒下，沒想到少了老媽，我們三個男人也離行屍走肉不遠。

程耀青在某一天晚上突然走到我房間對我說：「……我夢到媽了。」

那時很晚了，房間沒開燈，我躺在床上，看著黑幽幽的天花板，無半點睡意。

過了很久，我問：「媽有說什麼嗎？」

老一輩講過世的至親都會回家托夢，我卻從來沒夢過我媽一次。

程耀青搖頭，雖然沒正眼看他，但我直覺他哭了。過了會兒，果然聽見他沙啞的聲音：

「媽沒說話，站在客廳看著我。」

我想起一則民俗傳說。都說家人回來托夢，一般絕對不會開口說話，祂們頂多靜靜地看著你，可能看著你哭，可能看著你笑，也可能看著你面無表情。我媽從前也說過，以前每逢清明前夕，她一定會夢到我外公，外公每回也都不說話，只是笑笑看著她。

小時候我背過程耀青很多次，但從他上小學後，我就很少再背他了。

那天晚上他抱著我哭，這些眼淚他可能憋了很久。我不知道他之前有沒有偷偷哭過，但我媽走了大半年，那是我第一次看見他哭，十七歲的程耀青哭到滿臉鼻涕，開始還抱著我叫哥，後來一直在叫媽……

我抱住他的肩膀，從頭到尾不說話。

程耀青淚流滿面，嚎啕的聲音埋在我的胸口，像把槌子，敲得我抽痛，我聽見他說：「我想媽，哥，我想我媽——」

「我想要我媽！」程耀青大吼。

盯著黑漆漆的天花板，眼眶湧出一股熱意，我一手握拳緊擋嘴前，一手用力拍著程耀青的背，就像小時候我媽準時九點半就哄程耀青上床睡覺那般，一下又一下，我沒幹過這種事，動作有些笨拙。

三

以學業和品性看來，程耀青一直屬於那種比較乖的兒子，很少讓我們操心。那晚抱著我哭過後，隔天早上就恢復正常，誰都沒再提起昨天的事，好像那晚不過是場幻覺。

他每天學校家裡兩點一線，不知道什麼時候學會做一些簡單的飯菜，味道還算過得去；他比起國中那時更用功，拚命三郎似的，偶爾半夜一兩點我爬起來吃宵夜，他房門縫下透出的光線還是敞亮的。

做學徒的日子，起初簡直不是人幹的。太累了。但那種疲累對於那時候的我來說卻無比適合，至少讓我全神貫注在謀生這件事上，再沒精力胡思亂想。我師父是個性格實在的台南人，年輕時北上打拚，白手起家，為人沒什麼城府，也是我的貴人。他了解些我家裡的事，也很少對我講什麼大道理，以前聽人說教會徒弟餓死師父，我卻沒感覺他有什麼私心，很認真教我，私下還常拿些保健品讓我帶回家給我爸吃。

我爸中風之後性格變得像個小孩、捉摸不定（這是我弟的原話。在我看來不過就是難伺候），吃藥常讓程耀青三催四請，有一次更誇張，當場被程耀青抓到他把藥用衛生紙包起偷偷丟到浴室的垃圾桶裡。這類的雞毛瑣事多到說不完，情節都不算特別嚴重，可日子一久，對於身邊的人來說就是種精神折磨了。然而這些事情，程耀青一次都沒告訴過我。

出去工作之後，家裡對我來說差不多只剩下睡覺的功能，我只負責每個月交錢，很少管家裡的事，程耀青在家日夜苦讀兼照顧老爸，兩年後聯考成績出爐，是個大好消息。

那天我提早下班回家幫他慶祝，讓程耀青喝酒，他喝醉了，一下哭一下笑，才顛三倒四地說出這一年來他在家是怎麼和老爸相處。

那年我們家依然負債，但程耀青沒讓我們失望。熬夜熬出滿臉青春痘，果然有了回報，考中了成功大學，這算是我們家出事之後的第一件喜事。我雖然嘴上不講，其實也感到驕傲，有種揚眉吐氣的感覺。我破天荒主動抱了抱他，拍了下他的肩膀，在表達情感方面，我嘴很硬，不懂得說什麼好話，那會讓我很不自在，我想了想，最後也只對程耀青說了句幹得好。

家裡三個大男人都露出久違的笑容。放榜後我爸竟然老實了很長一段時間，吃藥也不用再讓人大眼瞪小眼地死盯著，陽光像是重新照進我家，歷經黑夜許久，終於迎來了天亮第一道曙光。那天在家吃過飯，等我爸入睡後，我又帶程耀青去樓下的那間中心點喝酒。我們點了盤生魚片，又叫了半打台啤，這間海產熱炒當年開在忠誠路，生意還不錯，一排裝著龍蝦的水箱，水聲嘩啦嘩啦，天花板掛著許多紅燈籠，喜氣又應景。

十點多，海產店才正要熱鬧起來，莊老闆挺著個啤酒肚走來跟我們打招呼，他跟我爸是二十幾年的老朋友，為人海派，還做過里長，據說他兒子也是今年的考生，一走來就開始對著我們數落他兒子，順帶問了程耀青的成績。程耀青沉默不語，眼神有些期待地看著我，我很想笑，沒敢讓自己得意得太明顯，只替程耀青說：「還可以，應該會報成大。」

台清交成誰不知道，莊老闆一拍大腿，眼睛瞪得很大，開始抓著程耀青的肩膀瘋狂地亂誇一通，幫他兒子問了一堆學習方法，還免費送了盤辣椒炒海瓜子給我們。

莊老闆有些感歎，對我講：「阿青，你弟弟有出息啦！你們家好日子要來啦！」

他也算是看著我長大的，我抿著嘴，舉杯跟老闆乾了一杯。

這種情緒很複雜，那時我才發現，程耀青對我來講早已不再只是個弟弟，他媽簡直就像我半個兒子，感覺自己辛苦打拚那麼久，終於也嘗到一把收穫的甘甜滋味。我不愛讀書，也沒唸過大學，但程耀青能讀，還讀得很好。我發自內心地高興，那時我還告訴自己：會的，以後會越來越好。程耀青就是我們家的希望，他會越來越好……

程耀青去台南前被我警告很多次，「你皮給我繃緊一點，去台南別他媽亂來。」

程耀青點頭，雙手捧著杯子，欲言又止半天，最後只叫了聲：「哥。」

他很久沒有這樣叫我。那語氣，好像回到小學以前，他每天伸出兩隻胖手，要我背他那樣。

我一下不適應，就巴了他的頭，程耀青笑得很傻，我們已經很久沒有這麼放鬆過。

喝到一半，跟我師父便宜買的那台二手電話忽然在口袋裡震動起來，震沒兩下又安靜下去。我抽出來，掀開蓋子一看，小小的綠屏上，是一串沒有儲存卻熟到發爛的號碼。看了一眼，我將手機塞回口袋，繼續與程耀青喝酒，剛剛那兩下震動已經消失，但腿上那陣麻意還殘留著，順著大腿細細攀爬到背脊，很癢，讓我開始心不在焉。

初戀愛情酸甘甜，五種氣味唷，若聽一句我愛你，滿面是紅吱吱

尤其是小姑娘，心內是真歡喜，表面上他革甲真生氣唷，啊啊啊……伊伊……

收銀櫃上那顆金旺來旁邊有台收音機，正播著歌，海產店的夜晚漸漸熱鬧起來，冰箱門上還貼著張《倩女幽魂》的電影海報，這部港片上映那年紅極一時，後來王祖賢成為新一代軍中情人，我當兵入伍那年，有個同梯喜歡她喜歡得不得了，把她的明星照天天藏枕頭下，自慰的時候少不了它。

四周全是聲音。喊拳、叫罵、油鍋與火焰爆出劈里啪啦的聲響，交融成恍惚的一片，程耀青後面講了什麼，我幾乎沒在聽，我是個不能一心二用的人，注意力早就落在幾分鐘前打來的那通電話上，腦子裡全是號碼的主人。

——他叫高鎮東。他是一把烈火。

四

九〇年代那十年，張學友紅透半邊天。那時候我每天除了上班外，也沒什麼休閒娛樂，倒是買了不少他的卡帶，每盒差不多一百塊到一百二十塊錢。平時工作累得跟狗一樣，一到休假我根本懶得再出門，睡醒了就在家看半天的電影，聽聽卡帶，餓了就吃，要不就騎車去三重找高鎮東做愛。這樣隨心所欲的一天，對我來說已經非常奢侈。

程耀青升大三那年，老爸決定重操舊業，回去當計程車司機。那是某個週五。我爸和我商量這件事的時候，聲音放得很低，當時我準備去洗澡，忽然聽見我爸說話還嚇了一跳，回頭就見他逆著燈光站在餐桌邊。

他兩邊鬢角白了一點。我看著他，忽然發現他比起以前看起來矮了點，可能是因為現在他的背駝了一些。

那幾秒鐘，我們之間只有沉默。我不確定當時是否只有自己感到尷尬，客廳的電視機還開著，是新聞台，正播報著明天的氣象預告。我拿下肩上的浴巾，突然有點想抽菸，一時間也不知道說什麼合適，要是一下就答應，我怕我爸亂想，以為我早想趕他去上班。

我跟程耀青不同。除了日常生活必備的交流外，一般不太跟我爸聊天。尤其是出去工作之後，待在家的時間大幅減少，下班一回家就蒙頭大睡，有時半夜爬起來吃宵夜時，老爸也睡了，此時面對這突如其來的陌生感，我有些無措，我不擅長應對這種場面，尤其當面前站著的人是我爸。

程耀青讀大學後，我爸那古怪的臭脾氣漸漸不藥而癒，這應該算是個好現象吧，可能也只有我一個人覺得很奇怪，不太習慣他說話變得有商有量，低聲下氣的樣子。以前我還覺得我跟我爸其實很像，耳朵很硬，固執起來都像茅坑裡的臭石頭，後來又不了，我爸變得柔軟了，反而讓我很不適應，這讓我無法與他長時間面對彼此。

我頓了頓，說：「你不用勉強，我現在薪水還可以。」

老爸點頭，中氣十足地說沒問題。他說在家閒了很久，無聊了，也想出去透透氣動動筋骨，「人老了就怕不動，能動的時候就該多動動，病都是懶出來的。」

我嗯了聲，也想不到什麼理由阻止他，只能叮囑他將藥盒隨身攜帶，不要大意，身體最重要。他看起來挺開心的，我原以為他可能會過幾天才回去開車，沒想到隔天早上他人就不在家裡了。

我一個禮拜基本會有一兩天在外面過夜，所幸老爸很少過問我這方面的私事，這讓我鬆了一口氣。不在家的時間，我多半都在高鎮東那裡。他在三重有間房子，只有他一個人住，我買的那些卡帶有三分之一全扔在他家，那時他也很喜歡聽張學友的歌，有時聽 high 了，還要跟著音樂一起嚎一嗓子。

他做愛時喜歡聽音樂，說這樣幹起來才夠勁；我只覺得完事後聽幾首歌很助眠，能直接一覺睡死到天亮。這兩種習慣倒是沒什麼衝突性，結合了一下，就是一張卡帶十首歌從頭播到完，再讓它從頭來過，時代不一樣，那時候從來也不覺得麻煩，等它不知第幾次停下來的時候，我們也睡沉了，再睜眼，又是一天的開始。

可能因為這樣，導致往後我偶然在外面聽見張學友的歌，腦中下意識閃過的，多數都是跟性有關的記憶，例如高鎮東的家。例如那些丟進垃圾桶卻落到地板上的保險套。那盒固定擺在床邊的衛生紙。

時間過得很快。

距離我與高鎮東第一次分道揚鑣的路口越來越近。其實我早有心理準備。我們說起來就是炮友，打聲招呼，隨時可以喊停，無論接下來各自將往哪邊前進，其實都不可能走到一塊去。入伍前，我們斷了聯絡，那時以為不會再見，結果退伍一年後，又因為一場意外走到一起。

那次重逢讓我跟高鎮東的關係有了很微妙的轉變，三年前，只要我們湊一起，大部分活動的範圍都離不開那張席夢思床墊；後來能夠一起做的事倒是多了好幾件。我們會去陽明戲院看午夜場。偶爾他會找我去迪斯可。下班後約在士林打保齡球，再騎車去西門町的冰室吃剉冰。

那時我才知道原來高鎮東以前也很喜歡溜冰。

有一回我們晚上跑去重溫少年舊夢，兩個大男人跑去西門町的溜冰場溜冰。小時候我跟程耀青禮拜天的時候也常到那裡去，程耀青這人沒什麼運動細胞，開始老摔得四腳朝天，全身瘀青，被我爸誤以為我帶他去打架，差點被老爸用皮帶抽死。

我們越來越了解彼此，性格本來不相像，好在共通點越來越多，最好笑的是我們一起成了張學友的歌迷，從他一百多塊的卡帶買到幾百塊一張的唱片。後來世界不一樣了，唱片都沒什麼人要買了，都上網去載盜版，那時誰能料到生活改變越來越快，這個月還流行的東西，下個月可能就被淘汰，很多事情來不及告別，就先習慣淡忘……

高鎮東二十九歲那年買了輛三菱。那是他人生第一部車。為了表示慶祝，那晚他開車載我到陽金公路兜了一夜的風，出門前還刻意帶了兩張CD，結果聽了一路的《愛火花》。一上仰德大道，高鎮東就耐不住寂寞了，油門越催越快，一路遇車就超，像個大孩子終於買到期待已久的玩具，一張臉全是懾人的光彩。

我一直無法徹底抗拒他。這種吸引力歷經多年也不曾退散，他光是站在那裡，什麼都不用做，就能讓我渾身躁動不安。

高鎮東歡呼一聲，在黃燈亮紅燈的最後一秒踩了煞車，我身體直接往前撞，身上繫著安全帶，高鎮東還是伸手擋了下我胸口。

他這人偶然也會有些驚人之舉，例如體貼，我看了他一眼，心跳忽然變得很重。

等綠燈期間，我們忍不住接吻。就在這輛他剛買的新車裡。窗外是陽明山上的夜景，在台北是出了名的，我無心欣賞，我咬下他的嘴，高鎮東的笑聲異常火熱，眼裡全是笑意。他坐直身體，綠燈亮起的瞬間踩下油門，很有節奏感地跟著歌聲「oh！」了一聲，大聲唱起來：「可不可不叫著要歸家，可不可不說話似哭啞巴，憂鬱給我好嗎，灰色給我好嗎，今夜抱擁是我嗎？」

我看他這個樣子，覺得很好笑。

我們在麥當勞得來速買了兩盒炸雞和可樂，他開車，我撕下一塊雞肉到他嘴邊，他連肉帶骨將我的手指含在嘴裡，眼神帶色，仿著口交的動作前後動了兩下。

「幹！」我立刻把手抽出來，笑罵一聲。

他哈哈大笑，又忽然說：「不如我們去香港聽張學友的演唱會？」

「有病啊，等他來台灣不就好了？」

「順便去玩啊，去年在泰國不是說好了。」

我愣了下，說是去年，其實也就半年前的事。我們冬天去曼谷玩了五日，那晚喝完酒，高鎮東說以後還要去香港、去美國、去日本，我以為他喝瘋了，沒當真，沒想到他還記得這件事。

「你不是醉了嗎？」

他開始面露不耐：「你就說你去不去吧？」

我虧他是不是發財了，他不答，只問我去不去，到底去不去。我搖頭拒絕。

高鎮東有時非常看不慣我這副樣子，覺得我省得近乎小氣。他不用養家，賺的錢只要養他自己，他覺得是個男人就不要老對錢斤斤計較，我們沒少為這個問題掃興過。

高鎮東不是好脾氣的人，不高興，面上很明顯就能看出來。但那晚他沒發作，讓我很意外。

他說：「操，只問你去不去，我他媽請你去玩好不好？」

我將手肘撐在窗沿，沒答，很快，這個問題也不需要我再回答了，因為後面有台機車超了高鎮東的車，他馬上被引開注意，罵了一聲，就跟那輛機車飆起來……

窗外路燈與路樹快速劃過，算一算我們已經認識很多年，雖然關係好了很多，有時卻還是覺得離他很遠。

其實有時候我會很羨慕他——我知道自己愛上的是個很自私的男人，高鎮東從來不會為了別人去為難自己，他一向懂得怎麼讓自己過得更好、更快樂。

五

都說劇變容易使一個人迅速長大。我想是吧。

我自己都無法解釋為什麼會突然對程耀青變得這麼有責任心，就像一個包袱，頭昏腦脹地背上去就沒想過解下來，從三不管大哥，變成個雞婆囉嗦的小爹。關於程耀青的人生，要換作以前，他想怎麼想，我根本管都懶得管他。可現在，他要是敢幹什麼糊塗事，不要講我老爸，我可能第一個跳出來打死他。

他九月要下去台南報到入學，我向車行請假送他下去，陪了他兩天。盯著他把該辦的入學住宿手續都跑過一遍，在旅館睡了不踏實的一覺，早上再跟他一起去成大校園晃兩圈，才一個人坐火車回台北。

其實這小子是不需要人擔心的。那兩天我跟在他身邊，除了有時幫他搬行李，其他根本沒需要我幫忙的地方，就算沒我跟著，程耀青自己也能將這些繁瑣的事處理妥當，要是碰到不明白的地方，他會彬彬有禮地找人詢問，一次問不通，就問兩次三次，問到明白為止。

多數時候我沉默旁觀，不禁想，這小子今年幾歲了？

程耀青小我兩歲，算一算，年底十二月就要滿十八。

這小子屬豬的。記得小時候我媽在他脖子上掛過一塊刻著豬頭的小金片，因為這塊黃金豬頭，他沒少被我嘲笑過。程耀青屬豬，卻一點都不懶散，相反還算很勤奮——有時我覺得，在某些本質上，程耀青比我更加獨立，不會的他就去學，從不逃避，比起我這個長子更叫父母安心。

老爸以前常說，早期他們那個年代，大學生可是稀有物種，不知道多珍貴。家裡出了個讀大學的孩子，是要請親戚朋友吃飯的，要是孩子再爭點氣，考上台大，簡直等於古時候中狀元的意思，得在家門口掛兩串紅鞭炮，炸得劈里啪啦響，弄得街頭巷尾都知道，以後串街走訪都是走路有風，面上帶光……

九月早晨的陽光下，我瞇著眼，走在程耀青即將生活四年的大學校園裡，心想大學果然跟國高中完全不同。

很多大概是跟程耀青一樣的新生，面對新環境、臉上那種既期待又怕受傷害的神情是很明顯的。綠樹、高樓、野花，放眼望去最搶眼的還是人。大學生沒制服，長裙襯衫牛仔褲，一幫朝氣洋溢的男男女女，有的拖著腳步、一邊狼吞虎嚥塞著飯糰，一邊走路；有的套著牛仔褲白上衣，騎著腳踏車在綠蔭下前行。九月仍有蟬鳴，麻雀吱喳的上下跳躍，我看著這些年輕人，覺得他們真年輕，太年輕了——年輕到有瞬間幾乎讓我感到有點自卑。

看著陽光下穿著格子衫一臉矬樣的程耀青，一臉青澀，他日後就是這裡的一員。那一下子，我感覺程耀青真的長大了，就像以前畢業典禮上那些被高高掛起的紅布條，那些閃閃發光的燙金字樣，可能從我出生那刻就注定與我這輩子無緣，但程耀青就不一樣，他是要「展翅高飛」的。

不知道什麼時候開始，我就跟我爸媽一樣，把心底盼望通通壓在他身上。這種期望是帶強迫性的：程耀青必須越飛越高。

離開台南那天下午，程耀青送我去火車站。

他的校區離火車站不遠，我們一路散步過去，台南的街道到處都是小吃店、紅茶店的招牌，十家店五家都在賣牛肉湯，食物蒸騰的熱氣飄香騎樓下，我們終於在路邊攤坐下吃這第一頓早餐。肉燥飯一碗十塊錢，我們各點兩大碗，還有蘿蔔湯、油豆腐、燙青菜……南部的東西比台北便宜多了，分量也足，我跟程耀青餓死鬼般地卯起來吃，那一頓吃下來，能直接飽到晚餐。

結帳後，我們繼續往前走。舊公車經過站牌，靠站，門打開，幾個背著背包的年輕人跳下來，手提著大包小包的，我跟程耀青正好經過他們身邊，就聽見裡面有個男生正在問公車司機，請問成功大學怎麼走……

走到火車站，吵鬧的程度已經讓人感到頭痛，我沒什麼好再對程耀青囑咐了，於是直接走向驗票口，再往前面，就是站務人員響亮的口哨聲，由遠至近，到處都是人，我往前走幾步，還是停下來，回頭看了一眼。

程耀青還站在原地，沒有動，也沒離開。

我隔著一段距離看他，他也在看我，他身後有個小賣部招牌，周圍是流動的人潮，旁邊有人面紅耳赤，激動地抓著同伴的手臂說話；也有人正在程耀青背後互相告別擁抱，我面無表情，火車進站了，轟隆隆的，程耀青嘴動了動，我好像猜到他要講什麼。

廣播從四面八方響起，猶豫了一下，還是將手從口袋裡抽出來，不耐朝他揮了揮，叫他快滾。

我那屬豬的弟弟，大力地抬起手臂，朝我狂揮，突然在人潮中大喊：「哥，晚上我會打電話回家，晚上——」

我忽然覺得很丟臉，於是快步轉身走進人流，吐出一口氣，帶著那張票根，獨自踏進北上的車廂。

程耀青去台南之前，在老爸的堅持下，我們父子三個很滑稽地在家裡合照了好幾張相片。平常我們也都沒有拍照的習慣，老爸的提議來得突然，那天我在家裡翻箱倒櫃，才在老媽那兩隻擺放雜物的白色塑膠箱裡找到一台老爺相機，隨便亂按幾下，沒什麼反應，拆開底蓋，發現裡頭是空的。

我跟我爸說沒底片，讓他等等，我下樓買一卷，結果程耀青忽然跳起來，說等等，就跑到了房間裡……

沒多久他走出來，拿了一盒沒拆封過的柯達底片給我，把底片裝好後，我卻不知怎麼下手了。三個大男人忽然要在客廳裡拍全家福，雖然沒外人，但多少還是有些尷尬，我試著把相機擺在桌上，看了看又覺得角度似乎太矮，又把相機移到電視櫃上，我讓我爸跟程耀青在沙發上坐好，隨便試拍了一張，確定相機沒什麼問題。

後來程耀青忍不住站起來，說：「哥，我來我來——」

「滾去坐好！」我踢了他一腳，等那父子倆坐定後，按下快門，趕緊跑到老爸另一邊坐下，閃光喀嚓一聲，照完之後，三個大男人一時都沒話講，不知道接下來該幹嘛。

程耀青站起來走到電視機前，說：「底片留著也沒用，再多拍幾張吧，爸你要笑，哥也是。」

真他媽有夠囉嗦。程耀青有時嘰嘰歪歪起來，簡直像個八婆，拍個照還不停指揮我跟我爸的表情，後面幾次按快門，來回跑的全是他，我們照了單人照，雙人照，大概有十幾張照片，閃光閃得瞳孔不舒服，好像有透明蝌蚪在眼前游來游去，後來老爸終於受不了，說夠了夠了，讓我們找個時間去相館把照片洗出來。

兩三天後照片拿回來，老爸率先從其中挑了兩張三人照，其中一張裝進相框擺在客廳電話旁；另一張則收在他自己的房間裡。

程耀青特別洗了一張小的放在皮夾裡，看他跟藏女朋友照片似的把全家福塞進夾層時，我忍不住嘲了他一句：「你是去台南讀書，不知道的以為你要上戰場。」

看老爸不在客廳，程耀青才膽敢罵句髒話，結果就是被我飽以老拳……

那天拍的全家福，我後來拿給高鎮東看過。他低頭看了一下，就說：「你跟你弟長得不像。」

我下意識回了句：「他像我媽。」

照片上只有我們父子三人，高鎮東對我們家的事一無所知，照理說一般人下一句大概都會問：那你媽呢？

其實那句話脫口之後我就後悔了，幸好高鎮東什麼都沒問。

當時我以為是高鎮東不在乎，從沒想過另個原因可能是他已經猜到什麼，可能是看我不提，幫我留餘地。

我那時跟他還不算太熟。他這點其實跟我弟有點像。想不到高鎮東還有這麼細心的一面，但這些都是後話了。

他早年就出來混，溜冰場、紅茶店、撞球室、舞廳……成年後直接在酒店打滾到如今，三教九流的人物見過不知多少，人情世故可能看得還比我明白。我們的肉體親近有餘，生活卻互不熟悉，很多事都是靠猜測，猜過之後也不會向對方求證。我們一直在保持距離，他是，我也是。

頭兩年我們就是純打炮，沒什麼好懷疑的，相聚的最終目的，往往奔著性愛而去。事後才會有幾句閒聊、或者偶爾一起吃飯，但都是順便。我很少混酒吧，一方面是沒時間，一方面是沒閒錢。跟高鎮東維持住穩定的性關係之後，我再沒想過找第二個人，每個禮拜我們起碼會見一次，一睡就睡了兩年。

關於他個人的事，起初我瞭解的實在有限，能接觸到的，只是在有限的時間裡，高鎮東有限地表現出的一部分而已。

大多數是關於性的。比如性需求、性愛好。

接下來則比較瑣碎，比如他很愛吃牛肉麵。比如他其實也會看武俠小說。再比如，他最喜歡的女演員是朱茵。

六

十七歲那年被警察抓過之後，我變了很多。後來工作幾年，我甚至常覺得自己已變得足夠成熟、能獨當一面。

我學會睜一隻眼閉一隻眼。不再輕易動怒。有時寧願吃啞巴虧，也不想惹事。之前車行有一兩個跟我年紀差不多的學徒看我不順眼，覺得我很孬，偏偏前後兩個老闆對我的狀態很受用，幾個共事的師傅和老大哥，覺得我在幾個年輕人裡難得沉穩，反而對我很放心。

一朝被蛇咬，我清楚自己性格不是天生如此，大多是被現實磨出來的。

早年我們家常被人上門逼債，搞得雞犬不寧，有幾個比較激進的債主，追債手段層出不窮，一天十幾個小時不停打騷擾電話，半夜還會跑到樓下亂按門鈴。整棟公寓住戶都因為我們家而受到影響，困擾不已，好幾次協調不成，商量演變成爭吵，我家成了箭靶，大家都是幾十年老鄰居，同情我們的人應該還是不少，但覺得我們活該的可能更多，因為這些鳥事，我們還差點被迫搬家……

雞飛狗跳的日子分分鐘能把人逼成神經病。面對債主張牙舞爪的嘴臉，連我爸那種脾氣比雷公還大的傳統大男人都只能低著頭，打不還手、罵不還口。

那兩年，常有一幕畫面是這樣的：我爸站在大門口，我站在他背後，程耀青站在我背後。

我親眼目睹老爸原本直挺的背脊，在一片叫罵聲中逐漸彎下去，垂在身體兩側布滿厚繭的大掌緊緊握著，不停顫抖……這樣的老爸讓我感到很不習慣。

對面鄰居的鐵門不時開起一道小縫又闔上，那些債主把我媽跟我爸罵得非常難聽，再惱人的話都有，也不避諱我媽已是個死人。那些聲音在樓梯間產生刺耳的回音，我的拳頭緊得嘎嘎作響，每當我要邁步衝出去，就被躲在後面的程耀青拉住。我回頭瞪他，程耀青從小就怕我這種眼神，小時候常被我嚇哭，可那些時候，即使他抖得再厲害，也不會鬆手，逼債的日子，我們父子三人幾乎沒睡過一場安穩覺，他眼睛紅到像是要滴血，抓緊我的手似乎用盡全身力氣，我沒再往前走，我們兩個就站在我爸背後，看他怎麼被那些人挖苦羞辱……

某一次等他們散去之後，我帶著一股火質問老爸為什麼，在我心裡始終覺得這根本不是我們家的錯。那些人卻一再把我們往絕路上逼。老爸搖搖頭，抖著嘴皮子：「不對，我們

——我們有錯。」後來就不肯再說下去。

我踹桌子，覺得很不甘心。我不明白老爸在想什麼。我就很想問他，你的脾氣呢？你什麼時候變得這麼懦弱？以前揍我不是很厲害？到底在怕三洨——

讀書時代，我打過人，也被人打過。

高鎮東曾說，他第一次見到我，印象就是覺得我這人話很少，脾氣似乎不錯，看起來不像那種惹是生非的人。直到我退伍後，發生了一件事，他說他萬萬想不到原來我打架還挺有一手，掃柄握在我手裡都能握出扳手的氣勢，笑問我是不是修車修多了練出來的？

我想他八成在瞎扯，但還是忍不住告訴他：「其實我以前還想過殺人，你信嗎？」

高鎮東看起來有點驚訝，不過他沒問我為什麼會想殺人，只問我：「你真殺啦？」

我搖頭：「沒有。」因為提前被警察抓了。

我心想，不僅被抓，還被送去定期做心理輔導，所以才會在騎樓下看過你。

十九歲在車行認識高鎮東之前，我其實就見過他兩次。兩次都是匆匆一瞥。地點就在我以前每個禮拜去做心理輔導的那棟福利機構的騎樓下。那天天氣如何我早就忘了，只記得第一次是他坐在騎樓一輛機車上，看起來像在等人；第二次是他站在花圃邊，正在抽菸。高鎮東那時染著一頭相當顯眼的金髮，一副輟學失足青年的打扮，看著就不像什麼好人。

那時我們只是陌生人，但即使如此，我依然對他留下很深的印象。

因為他長得非常帥。

陌生人打量陌生人的方式，就是充滿膚淺。那應該算是我第一次對某個陌生同性生起一股強烈的好奇，可惜後來再沒在附近見過他，也就隨時間慢慢淡忘，哪知道世界這麼小，我們竟然還能遇見第三次，就在我做學徒的第一間車行內。

第三次見到高鎮東，我差點想不起來他就是一年多前在輔導機構下面瞥見過的那個不良少年。時間過得有點快，在那間車行，我都從菜鳥成了老鳥，那個白天，有台機車騎到門口，車主拔下鑰匙，脫下安全帽，露出一頭俐落的黑色平頭。

我沒有第一眼認出他是誰。一是因為實在過去太久，二是因為高鎮東的形象改變太大。

那次高鎮東看起來終於正常許多，不再乍眼讓人覺得是個流氓。那日他穿得十分簡單，一件皮夾克和膝蓋磨破口的牛仔褲，曾經那頭金髮染黑了，剃成乾乾淨淨的三分頭。

我摘下發黑的棉手套，抹掉鼻頭上的汗水，替他檢查機車龍頭，偶爾從後照鏡打量他的長相，後來他在櫃檯留下姓名電話，我才慢慢想起自己究竟在哪看過這個人。

他的字寫得比我還醜，我看了眼他留下的資料，才知道他叫高鎮東。

後來高鎮東又來過幾次車行，我的視線總會克制不住往他身上瞄。我瞄他，就與車行其他同事閒著沒事時喜歡瞄路邊經過的美女一樣，內在性質其實沒什麼區別。這些往事，我都跟高鎮東講過。他很驚訝。因為在他的認知裡，一直以為我們第一次見面是在車行，虧我在更早以前就開始肖想他了。

我嗤笑一聲，直白地說：「你以前的樣子很討人厭。」

我們並排躺在床上，兩人渾身上下連條蔽體的內褲都沒有，被子皺巴巴地推到一邊，七星的菸盒丟得到處都是，床頭櫃、椅子、牛仔褲口袋裡。

完全陌生，就算始終不變一般的美麗
情已逝，你當初傷我心令我悲淒
情已逝，你當初一帶走便再不歸
雖今天再遇你濃情仍然似水逝……

天花板的燈扇還在啪搭啪搭地轉著，過了會兒，高鎮東抽了一疊衛生紙遞過來，我胡亂抓過一把，手伸下去擦。

年前高鎮東買了台新音響，看起來就挺貴的，左右配兩個黑色四方音箱，大小跟一般兒童坐凳差不多，很洋氣，音質很立體，我跟高鎮東做愛，閉上眼睛，好像張學友本人真的就在旁邊給我們唱歌助興似的。

他以前那台雙卡答錄機已經有段時間沒用過了，但也沒扔，擺在一邊生灰，一隻紅色可樂罐擺在那台四方音箱上，另一邊的音箱上頭則堆疊著卡帶與唱片盒。

我一手墊在腦後，忽然湧出一股倦意，直到體內那股快感漸漸平息下去，才忽然又聽高鎮東問：「我那時候是什麼樣子？」

我想了下，說：「一看就是個七逃仔！」

我對記憶中高鎮東那頭金髮真的沒什麼好感，他聽了後一直笑個不停。

世事難料，當年打死我都想不到，有一天我會跟這個人躺在一張床上做愛。

一切好像冥冥注定，如果不是親身體會，都覺得不可思議，像拍電影一樣。

滴著淚問什麼因素錯誤計，情人能重逢心卻未獲連繫

今天的你已像完全陌生，就算始終不變一般的美麗……

情已逝，你當初傷我心令我悲淒

不得不放棄柔情何時已消逝，沒法可重計……

高鎮東噴出一口煙，伸手掐住我的大腿，語調有些色情：「這是不是叫緣分，注定的，我們就注定要撞到一起——」

七

關於與高鎮東的第一次「分手」，嚴格來說，也不能稱作分手。

那年程耀青正讀大三，我爸重新出去工作，狀況穩定，我考慮了好幾天，決定向第一間車行的師父正式請辭，準備去當兵。

當時一想到兩年兵役，我腦海第一個閃過的人卻是高鎮東。

知道我將入伍，他也不驚訝，可能是無所謂，但還是象徵性地關心了幾句。

那天我去三重找他，順便跟他說這件事，他也隨口聊起自己以前當兵的事。說的不多，無非就是當年學長如何刁難他們那批新兵。軍營老鳥熱衷欺負菜鳥早非新聞，學長的淫威巨大，好多老兵閒著沒事，就成天幹班長找麻煩，或惡整大頭兵，幾個倒楣的新兵要是剛好長得不順學長的眼，頭半年的日子會非常難過，最常見的伎倆就是早上集合完畢後，回寢就發現自己的被子不翼而飛，找了半天，結果在外面的草叢裡找到。再不就是休息時間將幾個兵集合起來，分派瑣碎任務，然後處處找碴，把新兵圍在圓圈中心狂譙等等……

我聽高鎮東有一句沒一句地閒扯，想的卻是：我跟他是不是要徹底結束了？心裡這樣想，卻還是鬼使神差地問了他一句：「你來探我嗎？」

我知道他不會。

高鎮東笑了笑，睜眼說瞎話：「好啊，找時間去探你。」

我將手中香菸摁熄，那天在高鎮東家裡待得比較久，直到天黑，發覺時間真的晚了，才下床穿褲子準備回家。

臨走前，我對他說：「走了。」

高鎮東坐在床上，我走到門口，開鎖時，一陣腳步聲從後面跟上。

「程瀚青，」

他很少叫我的名字，我們倆多數待在一起的時刻，也就只有我跟他，交流也不需要特別指名道姓。

「你的。」他手上抓著幾盒張學友的卡帶，直接遞給我。是我買的。

我回頭，高鎮東光著上半身，下半身只套了件鬆垮垮的牛仔褲，連拉鍊都沒拉好。

「送你了。」這是入伍那年，我對高鎮東說的最後一句話。

高鎮東喔了聲，放下手，見我還看著他，才又講：「那你保重。」

兩年，一如意料，在此處劃下句點。

我很快進去報到。服兵役的日子說苦不苦，說輕鬆不輕鬆。有一點高鎮東說對了，一代人打壓一代人是老傳統，老兵對於整治新兵有某種變態的狂熱，起初我的被子也莫名失蹤過幾次，不是掛在樹上、就是在操場邊找回來。

我們那梯新兵們叫苦連天，排長經常如暴龍般吼我們是廢物，但我覺得這些都是可以忍受的，沒抽到金馬獎就算很好，以前聽說外島夜間站哨很危險，容易撞鬼。我有個同梯，外號毽子，沒事老愛說鬼話，他告訴我們以前他哥就在馬祖服役，不僅學長們整人的段數翻倍的變態，好幾個新兵輪流站夜哨的時候，都碰過髒東西，發發燒啊、上吐下瀉都是小意思，有很多膽子小的，甚至還在長官面前下跪，哭著說自己不要當兵了，求長官放自己回家，呵，差點沒被上級給活活操死……

我們班長是個五官深邃、皮膚黝黑的年輕人。近一百九十公分的身高讓他在一群大頭兵中十分顯眼，他有一半原住民血統，唱起歌來十分動聽。軍中風水陽盛陰衰，整個充斥男性賀爾蒙的大環境，對我來說是身心的雙重考驗，每次被操得精力過剩時，只能自己窩在一角，打一槍發洩。大家都是這樣，偶爾還會群聚在一塊講幾個下流垃圾話助興，語氣特別下賤，講得特別開心。

我意淫的對象不多，就兩個：一是高鎮東，二是我們班長。

七百多天的日子，我仍時常想起他，沒能隨時間而淡忘這個人。

當時我隨口問他會不會來看我，他說會，結果一次也沒出現。這是預料中的結果，我並不感到失望，只是仍常常想起高鎮東那時的表情。

兩年後退伍那日，是老爸跟程耀青一起來接我。我在家休息了一禮拜，就開始到處找工作。

第二間上班的地方是個汽修店，規模比較大，薪水更多，升遷也有一套制度。那時程耀青考上碩士班，這臭小子讀大學的時候，還聽他說追過一個叫小佳的女孩子，只是對方最終拒絕了他。後來程耀青和另一個女孩子談起戀愛，女孩子叫容家，我看過照片，長得滿普通的，五官不醜不美，但聽說很懂得照顧人。兩個年輕人都非常有出息，一起考上碩士班，那個女孩子對程耀青非常好，聽說連內衣褲都動手幫程耀青洗……

有時聽程耀青聊起容家的事，我會忽然想起陳儀伶。當兵前我還跟她有聯繫，也不知道她現在過得怎麼樣？

我對程耀青講，如果跟容家能談到碩士畢業，就帶回家吃飯，這臭小子居然驚訝地對我說：「啊？我已經跟她說好明年春節帶她回來吃飯了耶！」

老爸知道後挺開心的。也在同一天晚上，頭一次主動關心起我謎一般的感情世界。他很婉轉，我愣了下，隨口扯謊：「以後再說吧，之前那個分了。」

老爸面露訝異，可能直接以為我被兵變了，這事很常見，見我似乎沒有細說的慾望，大概怕提起我的「傷心事」，也只說了句：「沒關係，你還年輕，再多交些朋友。」

又一次成功地搪塞過去，但我仍感到心虛。

與高鎮東再次聯繫上，是退伍的一年後。大概吧。其實我沒特別算過時間，或許也不到一年。

那是某天半夜。

一通電話將我從睡夢中挖醒，手機響了很久，原本我想直接掛斷，一發現是高鎮東的號碼，我幾乎立刻清醒，按下綠色接聽鍵。

電話那頭相當吵雜，似乎有很多人正聚在一起嬉鬧，嗡嗡喳喳的，辨不清他們到底在說些什麼，但依稀能聽見一堆人在划拳的聲音，什麼四逢喜六連八仙的。

我皺眉，才想開口，那頭就說話了，卻不是高鎮東的聲音。對方是個男人，彷彿也有些無措，腔調還有些台灣國語，他說：「啊，那個，程——請問是程先生嗎？」

我並未立刻回答，仔細聽著那邊的動靜，這時男人的聲音突然又拉遠了，聽起來在跟旁邊的人低聲說些什麼，很模糊，接著又說：「那個，歹勢啦，我是阿東的同事，我叫 Peter 啦。」

「喔，請問有什麼事？」

我有點緊張，又隱隱有些期盼與興奮。叫 Peter 的男人開始賠笑，語氣為難：「是這樣啦，阿東喝得很醉，回不了家啦…………我翻了他電話簿，這個號碼是他剛剛自己指的——哎，請問你方便來接他一趟嗎？我也是剛來的，不是很清楚阿東住哪裡。」

我像是能從電話那頭聞到濃濃的酒精氣息，看見那頭燈紅酒綠的模樣，無法辨識其中有多少男女的聲音，他們在調情、爭吵、在唱歌，混亂無比。我答應得很乾脆，「好。」

掛斷電話後，我只覺得自己沒救了。我大概有病，這種病以前叫寂寞，現在又叫高鎮東。大半夜，我匆匆洗了把臉，套上衣褲，前後花不到五分鐘，出門前我下意識拿起機車鑰匙，轉念一想又放下，只拿了錢包，攔了台計程車，朝林森北路狂奔而去。

在車上看著窗外空蕩蕩的馬路，巨幅的黑夜下，台北市難得安靜，我承認我非常想他——想得要死。

一通電話，就讓這些壓抑在沉默中爆發。

我覺得自己正在走一條逐漸脫軌的路，且無法掌控它的發展，計程車穩穩地向林森北路駛，表上又跳了五塊錢——我原本該是最討厭這種前途不明的感覺，但我沒辦法喊停，也捨不得回頭。

八（上）

夜半的中山北路非常空曠。

照那個 Peter 給的地址，高鎮東上班的那間酒店應該就在國賓飯店旁邊的巷子裡，從我家過去，車程不到二十分鐘，下車前，我對那中年司機說：「大仔，能不能等我十分鐘？表照跳，我接個朋友很快就回來。」司機答應，說他把車繞出去掉個頭，就在這裡等我。

林森北路在當年是出了名的鑲金不夜城，幾乎都是做風月場子的，半夜三點多，整條巷子還是鬧哄哄的，三步一間酒家，五步一間夜總會，到處都是卡拉OK歌聲，霓虹招牌掛得高高低低，摩鐵和三溫暖都開在大馬路上，騎樓下一排的宵夜檔，像一座深夜的成人遊樂園。

我加快腳步，照著門牌號在巷子內找那家叫「銀坊」的酒店，拐入一條機車勉強能穿過的窄巷，地面潮濕，牆角類似嘔吐的穢物，我憋氣迅速通過，一走出巷口就聽見不遠處傳來一聲女人的尖叫。

我下意識看去，因為有段距離，也看不太清楚，前方陰暗的騎樓下，聚著好幾個男人，一個個推推搡搡，遠遠就聞到了火藥味。

我站在原地，忽然有種不祥的預感，抬頭看，那棟騎樓外面掛著好幾塊閃爍的招牌，其中一塊就印著銀坊。

「幹你娘——」

突然那邊爆出一句髒話，不知道是誰吼的，非常大聲。那群人很快在騎樓下打起來，路燈的光照不進去，那些黑影扭打成一團，還有機車被撞倒，場面直接失控，裡頭還夾雜女人的哭聲，大喊著別打了、別打了。

旁邊幾間酒店裡紛紛有小姐探出頭來看熱鬧，臉上都是見怪不怪的表情，好像是對這種場面習以為常，有人只看了幾眼便關上門；有的一直縮在門縫裡偷看，就是沒人報警。我站在原地，又看到好幾個人從店裡衝出來，罵罵咧咧地加入打架行列，場面相當混亂。

我朝隔壁一間小店快步走去，外邊的小姐見我來勢洶洶的樣子，有點戒備，一個一個往店裡躲，有個膽子較大的在原地沒動，一身濃郁的香水味，年紀瞧起來也比較大，開口就一陣酒氣，問我想幹嘛，我指著騎樓那邊，問：「能不能報警？」

她上下打量我一遍，似乎誤以為我要求她報警，不耐地說：「前面那些都有人在管啦！要報你自己報，我們不管啦！」

我不太懂這行的眉眉角角，但也聽出這個女人的意思，後來我回想起這件事，都有些慶幸，還好當時我沒有直接拿出手機就打一一〇，要不高鎮東可能就被我害慘也說不定。我沒再跟那位阿姨廢話，拿出手機打了高鎮東的電話，餘光瞄到她們店門口擺著支掃把，想也沒想就將掃把抄起來，那位阿姨像是被我嚇住，我往騎樓那邊跑過去，耳邊，電話有響卻沒人接，我越跑越近，這時那邊又傳出一聲爆喝。

「幹！」

我一下認出高鎮東的聲音，手機往口袋一塞，拿著掃把衝了進去。

騎樓下，高鎮東正跟一個男人在地上打成一團，一位衣著暴露的長髮女子貼在牆邊，慌得不知所措，樓道內又跑下來兩個小姐，看似想將那個女人往樓上帶，拉拉扯扯之間，說：「小麗，快上去！快上去啦！」

那個長髮女人還在說：「他們怎麼辦啦！阿東——」

我閃過其他人，往高鎮東那邊跑去，其實手裡的掃把就是壯膽用的，這是以前打架養出來的習慣，手裡一定要拿點東西壯壯聲勢，以前讀書的時候，隨手抓過來的東西都能拿來當武器，水桶、棍子、籃球、拖把，但很少真的派上用場，還是拳頭比較好用。我衝去一腳將壓在高鎮東身上的男人踹開，這一腳勁很大，那個男人一點防備都沒有，直接被我踹出去，旁邊幾個酒家女嚇傻了，驚呼一聲全往樓梯裡面跑。

我聞到很濃的酒味，後面不知道誰忽然用台語大喊：「阿東，緊走啦！」

我一把將高鎮東拽起來，也管不了他到底有醉沒醉，拖著他就跑，他被我拉了個踉蹌，像是才反應過來。

後面那群人一下全朝我們追過來，一邊追一邊罵，那種感覺就像是小時候在路上腳賤去踩流浪狗的尾巴，結果被追得大街小巷抱頭鼠竄。

我拉著高鎮東在林森北路荒腔走板的歌聲中狂奔，好多年沒打過架了，說不緊張，其實是騙人。

原本在附近湊熱鬧的小姐，見到這陣勢，馬上一哄而散，各自跑回店裡將大門關起來。抓著高鎮東的那隻手始終沒放，我跑得很快，可能從來都沒有這麼快過。

拐進那條臭氣熏天的巷子裡時，我還差點滑倒，盡頭那兒我看見那台小黃一閃一閃的車尾燈，一跑出去我就拉開車門，那個中年司機一副嚇呆的表情，我粗魯地將高鎮東推進去，後面那幾個追過來的人眼看就要從巷子裡衝出來，我將掃柄對著他們射出去，領頭那個男的嚇得往後一閃，直接跟後面幾個人撞在一起。

車門大力一甩，整輛計程車車身都震了下，司機油門一踩，車子飆了出去，我和高鎮東一起倒在後座，一下隔絕了外面世界的吵吵鬧鬧……

八（下）

「呼、呼、呼——」

我跟高鎮東在計程車後座爛泥似的疊在一塊喘大氣，前面運將大哥還在神經質地嘮嘮叨叨，高鎮東被我壓在底下，一隻手垂在沙發坐墊外，隨著前行的車子偶爾晃動，我們的衣服都汗濕了一大片。

馬路上路燈的光線透進車窗內，昏黃晦暗，三年之後，我們就這樣暴力且戲劇化地重逢了。

高鎮東雙目赤紅，身上的白襯衫因為打架被扯得七零八落，好幾顆釦子都不見了，他嘴角有傷，手上也有，整個人狼狽不已。這種疊羅漢的姿勢並不舒服，我卻不想移開，我幾乎能直接感受到高鎮東的心跳，還有自己的，隔著衣物，彷彿下一秒就要衝出那層皮肉，血淋淋地坦誠相見。

狹窄的車廂像是一座密不透風的鐵爐，我吃到自己的汗水，很鹹，過去那種激情的感覺，被體溫澆灌，以肉眼可見的速度死而復生，又在高鎮東的眼神斜瞥下來的瞬間，破土而出——我不知道原來一個人的眼神也能如此富有殺傷力，鋪天蓋地而來的迫切，讓我的身體自動拆解成十幾個部分，每個部位都有了它們自己的感情，我的手指想念著他的手指。皮膚想念他的皮膚。胯下想念他的胯下——全身都在想念高鎮東。全身都是燙的。

車窗外折射的陰影在他身上不斷劃拉出各種形狀，路樹、燈桿、電線，生動的陰影在高鎮東臉上滑過，他眼珠子黑漆漆的，我看著他，他看著我，還沒有任何動作，卻像已經過一場最恍惚的前戲。我們在計程車後座開始有意無意地磨蹭。磨一下。停一下。磨一下。停一下……

有幾次我能察覺到後視鏡裡司機屏氣凝神窺探的目光，但我已管不了那麼多。

三重很快就到。

扶高鎮東下車後，計程車像甩開瘟神般疾馳而去，下車前我瞥了眼表上的時間，是凌晨四點十三分。

我看著那道鐵門，高鎮東依然住在這裡。

我已經很久沒有來過。

路燈下，他靠在鐵門上，我站在路邊看著他。

我們一路沉默到這個時候，到了這個地步，說什麼好像都是廢話。

高鎮東左手臂的紋身從撩起的袖管邊緣露出來，我沒跟著計程車離開，意圖已經很明顯。都是明白人——我不想走，不僅如此，我還想上去。我想跟他做愛。

高鎮東明白。他肯定明白。他的眼神我太熟悉了，這個傢伙想的跟我一樣。

這種赤裸裸的默契，叫人興奮得心驚膽顫。那時我就忍不住想：如果這都不是喜歡——什麼才叫喜歡？

——這應該是我活了二十多年來，直至目前為止，最接近愛情的一刻。

像在走鋼索，明明他就站在眼前，離我不遠，前進卻變得如此刺激且艱難。

高鎮東先走了過來，晃晃地掐住我的手臂，臉湊過來，頂上我的鼻尖。我聽見他沉重而著急的呼吸，一口氣噴在我的臉上，我閉上眼，耳邊響起低沉又似醉的一聲：「程瀚青。」

我們跌跌撞撞地爬上樓梯，急不可耐。

高鎮東的家裡陳設有些變了。床墊不再直接擺在地上，底下多了一組床板。還有一枝以前沒見過的落地燈。

黑暗中，我不小心踢到什麼東西，哐噹一聲，聽起來像飲料罐，也許是可樂，也許是啤酒。

「程瀚青、程瀚青……」外頭似乎下起了雨，高鎮東在叫我的名字，射精那瞬間，我緊緊抱住他，左腿脛骨湧起一陣悶痛，是在騎樓下打架時不知道被哪個王八蛋踢了一腳。

空氣中可能有什麼迷魂散，叫人又痛又快樂。跟高鎮東的做愛永遠是最痛快的。痛快到讓人想哭。他反覆叫我的名字，程瀚青三個字從他嘴裡吐出來，讓我理智全失，我們像兩頭發情的野獸，廝纏在一起，一點都不想分開。

這一覺睡到隔天下午近傍晚。

高鎮東清醒後，對著我怔了許久，說實話，他那個表情讓我很想笑，我想起酒後亂性四個字，可惜我們都是男的，如果他是個女的，我就立刻娶了他。

他很快恢復本性，但沒想到，他開口跟我說的第一句話竟是謝謝。

讓我有點陌生又新奇。

我發現淩晨被自己踢倒的是一罐可樂，還是一罐沒喝完的可樂。可能也就剩下最後一兩口，褐色液體灑在地上，我原本想去擦，被高鎮東阻止。

他自己去廚房拿了支拖把，把地上那灘可樂給擦掉。

我半躺在床上抽菸，隔著煙霧看著高鎮東拖地，隔了一夜，小腿的瘀血已經變紫，看著有點恐怖。

高鎮東走到我面前，指著我的腳，問：「你沒事吧？」

我搖頭：「沒事啊。」

他的眼神在我身上來回掃了一圈，我只穿著一條內褲，他這種目光其實很容易讓人產生誤會。但他只是在看我身上還有沒有其他傷口。

那台黑色音響是靜止的。沒有音樂，氣氛有點古怪，太安靜了，顯得我們無話可說，高鎮東忽然變得有點客氣，一下子我們好像都不知道怎麼相處了，不說他，我自己都有點尷尬。

我速速抽完菸，乾脆站起來穿衣服，擺在以前差不多就是要走的訊號。一是我沒想為難他；二是我有預感，我還會再回到這裡來。

我走到門口，高鎮東一直跟在身後。

打開大門，我跟他說：「走了。」

一腳踏出門外，才聽到高鎮東問我：「昨天你為什麼來？」

「我還記得你住在哪，」我頓了一下，告訴他：「沒忘。」

他定眼看著我，目光難辨，幾秒鐘過去，他忽然笑出來，莫名其妙地問我：「你以前打過架啊？」

「讀書時候誰沒打過？」

「看起來不像……我以為你是不惹事的那種人。」他笑。

我想了下，說：「看情況吧。」

他問我：「你下禮拜有空嗎？」

我有點想笑。

「有啊。」我說。

那天是一九九四年十二月二十九號——不是什麼特別的節日，也沒有發生什麼特別的大事，但我就是記住了這一天，那是我們第一次「復合」的日子。

九

與陳儀伶再次聯絡上，正好是情人節。

去年十二月底我跟高鎮東恢復關係，入伍前是怎麼樣，現在大概還是怎麼樣，但擋不住人會變，那晚在林森北路打的那場架，好像給我們之間打開一扇新大門，我跟他變得越來越「熟」，高鎮東常說好像又重新認識了我一回，其實我又何嘗不是。

十四號那日，我跟高鎮東跑去吃麻辣火鍋，並不是特意約在那一天，只是剛好輪休而已。那是新店出名的老店，生意極好，我們排隊排了三十幾分鐘才有位子，點了幾大盤麻辣鴨血，正吃得面紅耳赤，陳儀伶的電話就來了。

陳儀伶跟高鎮東一樣，都在我入伍之後便齊齊失聯了，乍看見她的名字，我還愣了一下。鍋裡的紅白湯咕嚕咕嚕滾著，熱氣直冒，電話裡，陳儀伶的聲音聽起來有些失真，三年不見，她劈頭第一句話就是：「退伍啦？想不想我呀？」

給別人聽見，估計要以為我跟她有一腿。

這就是陳儀伶的作風，早年我花了些時間去習慣她的奔放與大膽，只要她一開玩笑，我就當沒聽見，陳儀伶說我無趣，我也不管。

我一手舉著手機，一手撈著鍋底的油條，反問：「妳好嗎？」

那頭她笑吟吟地，說：「就那樣吧，沒什麼好不好。」

我感覺她還有話，就沒出聲，高鎮東看了我一眼，將網子裡糊成一團的軟爛油條放到我碗裡，我用手指了指桌上那盤空了的鴨血，示意他再點一盤。

電話裡，她說：「我跟他分手了。」

他——我哪知道她說的那個他是哪個他？陳儀伶每次與我說的他，都跟上次那個不一樣。

她問我最近有沒有空，能不能出來見面，我答應她，之後又閒扯了幾句，掛電話前，陳儀伶問我是不是在外面吃飯，我說是，她又問我是不是交了女朋友？我不禁朝高鎮東看了一眼，不知什麼心態，就對電話那頭說是啊。

那邊頓了幾秒，笑說：「那不打擾你了，禮拜二見，我請客。」

電話一掛，就看見汗流浹背的高鎮東笑得一臉賤樣，說：「女人啊？」

我夾了一筷子牛肉，先嗯了聲，後來又說：「朋友。」

高鎮東嗤笑，眼神很是不屑。

我曾跟他說過，我對女人難有感覺，但高鎮東似乎不太相信，或者說不能理解。他覺得我太固執，生活又太狹窄，見的人太少了。我沒反駁過，歸根究柢，是因為高鎮東也能喜歡女人。和他爭這個也沒什麼意思。

高鎮東剝著蝦殼，扔了一隻給我，我聳聳肩。這時老闆送來兩盤鴨血，桌上一角堆著我跟高鎮東擤過鼻涕和擦過嘴的衛生紙，老闆赤著手，很乾脆地一把抓起丟到空盤子裡收走。

高鎮東皺眉，低聲說：「你說那老闆會不會洗手？」

我搖頭，高鎮東一副被噁心到的表情，我笑出來。

後來我忍不住問他：「你第一次是什麼時候？」

他想了會兒，說：「十六、十七吧。」

「跟女的？」

「廢話，」他看我一眼，這時候我們反而像一對認識多年的好兄弟，在閒聊往事，他跟我碰了杯子，說：「我的初戀。」

我灌了口啤酒，冰涼苦辣的味道沖過喉嚨，我說：「初戀？你純情過啊？」

高鎮東大笑：「不知道多純！我第一次看見她就很喜歡她，她很正點——算是一見鍾情吧。」

「……她是我們學校的校花，我追她追得很辛苦，非要跟她在一起不可，可在一起久了，我發現自己好像又沒那麼喜歡她了，我應該只是喜歡跟她上床多過喜歡跟她談戀愛。」高鎮東伸手指右肩埋在衣服底下的紋身，瞇起眼，看不出是不是對過去還有懷戀，他說：「這就是那時候追她才紋的。因為她說有紋身的男人都很酷。」

高鎮東的右肩到上臂有一片刺青。跟那些港片裡的黑社會差不多，高鎮東刺的是條龍，沒弄得五顏六色，通體青黑的線條，樣子雖然很俗，但也不難看。

跟他混的日子一久，我才發現，他好像不太喜歡把那片刺青露出來。除非洗澡或者上床那種不得不赤身裸體的時刻。

就是那次吃火鍋我才知道，原來他身上那條龍還有這樣一個俗氣但浪漫的由來。

我問他後不後悔刺這個東西，他說，「我以前幹的傻事多得數不清，後來我也問過人能不能把它洗掉，可是代價有點高，乾脆就這樣吧。」

我乾掉剩下的半杯啤酒，說：「也不是很難看。」

高鎮東攤在椅背上，笑說：「不是好看難看的問題，就是沒必要——我以前就淨幹這種沒必要的事！」

「刺的時候痛不痛？」我比了比他的肩膀。

他點頭：「痛啊。」

「什麼感覺？」

「就像有人拿針刮你，但那時候我能忍啊，可後來回想起來，其實是很痛的——大概是因為我後悔了吧。」他說。

高鎮東點了根菸，神情散漫，那頓麻辣火鍋是他買的單，結帳時，老闆娘莫名其妙打了九折。

走出店門，我問他：「她為什麼給你打折？」

高鎮東將菸夾在指尖，一手搭在我的肩膀，得意地說：「可能看我長得帥吧。」

見我不信，他收回手，才解釋：「她老公常來我們店裡喝酒，是常客。」

「真的假的？」

「真的，小費給得很大方。」他笑。我問他，那他老婆還給你打折？他卻笑我落伍，不知道現在流行夫妻一起去酒店喝酒，有時老婆玩得比老公還凶。

天氣有些涼，路上有人推個小推車叫賣玫瑰花，還有做成花束的金莎。叫賣的是個上了年紀的老婆婆。

高鎮東朝那部推車走去，彎下腰，和顏悅色地跟那位老婆婆說話，指著桶子裡那把金莎，說他全買了。

我當然不會認為他是特地要買給我的。跟他相處這些日子，我明白他心地其實不差。之前去陽明戲院看過幾次電影，門口也有個賣玉蘭花的老太太，高鎮東每次都掏五百跟老太太買玉蘭花。不知為何，他對上了年紀的老太太似乎有種執念，總是特別有禮貌。

後來才知道原來他幼時是由他奶奶一手帶大，他媽早跟別人結了婚，老人家過世後，高鎮東就成了真正的孤家寡人，不管這世上到底還有沒有他的親人，他都當作自己沒有。

我雙手插在口袋裡出神，高鎮東提著一把金莎走過來，問我還有沒有想去的地方，我說，「去你家吧。」

他用那把金莎敲敲我的手臂，說：「吃不吃？」

我拒絕：「太甜了。」

高鎮東自己也嫌棄這個東西，說：「我也不喜歡這個，可我們店裡小姐全愛吃。」

我們走進巷子牽車，只見高鎮東忽然左顧右盼，瞧四下無人，就將手裡那把金莎隨便插在一旁機車的菜籃裡。我說：「你神經病啊！」

他笑：「我從小到大還沒給人送過巧克力，連女人都沒有，它賺了。」

那晚我心情還不錯，一直有種說不上來的輕鬆，看著那把插在別人機車上的金莎，我突然又有點後悔，於是走過去抽出一枝，高鎮東回頭看見，挑釁地說：「你不是不愛吃嗎？」

我沒理他，將那枝包裝精美的金莎不倫不類地插在車上，趁高鎮東不防，踹了他的擋泥板一腳，便催下油門，率先衝出了巷子……

紅綠燈迷離變換，後頭是高鎮東的高喊，夜風呼嘯颳著，我跟他一前一後在新店的馬路上互相追逐，一路上，笑容都沒掉下過。

十

陳儀伶到底是個什麼樣的女人，到現在我也難說明白。

她自信、熱情，有時又很悲觀。當年陳儀伶第一次來到我們車行修車，謝師傅就在旁邊嘀嘀咕咕，對她評頭論足的第一句話就是：「哎，有點像那個陳什麼啊——青仔，香港那個女明星，那個，叫陳什麼蓮啊？」

與她見面的日子很快就到了，我們約在高島屋那塊透明金字塔前見面，以前都是我等她，這次她難得來得比我早，我們很久沒見，陳儀伶更瘦了，穿著件黑色長風衣，腰部束得細細的，衣襬還顯得空蕩蕩，染過色的長髮披散在背後，差不多就是我們那年代炙手可熱的都會女郎形象，她戴著墨鏡，往人群裡一站，看著就像個電影明星。

我雖然不至於邋遢，但相形之下，簡直成了不修邊幅。我朝她招招手，她踩著高跟鞋走過來，親密地挽住我的手臂，她不是第一次這樣，但我還是不怎麼自在。

她笑歎：「哎，我們多久沒見啦？兩年，還是三年啊？」

我說兩三年吧，她咕了聲。

我們走到附近一間露天咖啡座，點完飲料，我問她，是不是瘦了？

陳儀伶朝我眨眨眼，笑說她身邊那麼多男人，我還是第一個發現她瘦下來的人，問我是不是好想她？

我有些無奈，「我說真的，妳多吃點，太瘦了。」

真怕下次見面她就剩把骨頭，一掐就散。

這時服務員將咖啡送來，陳儀伶又加點了塊乾酪蛋糕，塗著紅色指甲油的手指敲了敲桌子，問我要不要也來一份，我搖頭，服務員離開後，她忽然問我：「上次打給你，你在跟女朋友吃飯啊？」

我下意識啊了聲，沒想到她會提起這件事，就隨便點了頭，一時間，我們都沉默下去。

我本來就不太擅長找話題，以往跟陳儀伶相處，都是聽她說話比較多。她從事保險業，還是高年薪經理人，社交手腕很有一套，最不擔心的就是無話可講。可那一天的她顯然不太正常。有時聊著聊著，會突然安靜下來，那種安靜有些尷尬，我隱約覺得她有心事，或許跟上次電話裡提到的分手有關，可見她一直沒提起，我也不好問她。

後來她問我：「你和你女朋友談多久啦？」

「沒多久。」我開始胡扯。

我根本不想聊這個，上次那不過就是個玩笑。

但她好像來了勁，繼續問：「沒多久是多久啊？」

她一直很好奇這件事，拐彎抹角地打聽，我心裡有點躁，一方面謊話說多，感到心虛；一方面又覺得陳儀伶怎麼那麼煩，大概是從青春期開始種下的恐懼，只要有人打探我的感情世界，無論有心無意，我都會不自主感到緊張，就算和陳儀伶私交不錯，我也沒想過對她坦白我的性向。我從沒想過要對任何人坦白。

「幾個月吧。」我有點不耐煩。

過了會兒，她眨了眨眼：「那是你女朋友漂亮，還是我漂亮啊？」

陳儀伶坐在對座，臉頓時往前傾了傾，一雙大眼睛直盯著我看，那天我看不出來她有沒有化妝。可能有。可能沒有。她的美有種侵略性，就算素素淨淨的模樣也擋不住那立體銳利的五官，我本能避開她的目光，只覺得服了她，於是雙手合十，對她講：「妳漂亮、妳最漂亮——行了吧？」

她抿了抿唇，似乎還想再開口，我立刻又補了句：「真的，我還沒見過比妳更漂亮的女人。」這也算是實話，只希望她別再揪著這個話題不放。

果然女人都愛聽好話。她笑了，看起來很是滿意，我才鬆口氣，緊接著又聽她問：「那你為什麼不喜歡我啊？」

她問得很自然，我分辨不出她是認真，又或是在開我玩笑。

我知道她曾經對我有那種意思。但那是很久以前的事。我當兵前，她曾向我暗示過要不要進一步發展，那時她感情不順，想找慰藉，我當然拒絕，可事後她仍像個沒事的人一樣，繼續與我維持聯絡，當時我就想：這女人還挺了不起。

女人假大方的多。真膽大的少。陳儀伶卻是真大方，又真膽大。

她忽然舊事重提，我有點愣住，直問她是不是心情不好？陳儀伶面色漸漸沉下去，終於不再笑。這時我看清她眉間有一道淺淺的凹痕，這兩道紋路讓她在面無表情的時候看起來心事重重，我開始去回想，以前她臉上有這種皺紋嗎？

——直到好幾年後，那時陳儀伶已經過世，我無意間看到一則類似人體知識類的新聞。講的是關於臉上的皺紋。說臉部表情特別多的人，一般看起來都老得快，因為肌肉運動與皮膚鬆弛的關係。簡單來說：愛笑的人，法令紋可能就會比旁人較深；經常愁眉不展或者哭多了的人，眉心間的川字紋就更明顯，因為過度運動讓肌肉有了記憶，這種慣性會使肌肉留下痕跡。

「程瀚青，」陳儀伶忽然叫了我的名字。

「我懷孕了，」她說，「但我要把它拿掉。」

我看著對座的陳儀伶，不知道要講什麼。

陳儀伶沒哭，語氣甚至鎮定到有些令人詫異的地步，讓人感覺冷血無情，可我看見她緊鎖的眉頭，原本那兩道淺淺痕跡又開始深陷，彷彿活生生缺了兩塊血肉，變成一道天生的缺陷。

我不說話，主要是因為不知道自己適合說些什麼。

我覺得自己沒資格指責她，心底卻又隱隱覺得她是活該。她明明條件就好，完全沒必要把自己弄成這個樣子。

陳儀伶問我是不是覺得她很賤，我沒回答，她又開始叨叨地說起來，前言後語沒什麼連貫，好像只是與我閒話家常，想到什麼說什麼。

「孩子是我上司的，可他有老婆，也有孩子……」

「我下禮拜就去做手術。」

「他前一天才說愛我，隔天我給他看驗孕棒，他嚇傻了，還急問我兩條線是什麼意思？是不是沒有的意思？嗤——」她的視線轉往馬路對面的街口，那裡人來人往的，不少大人牽著蹦蹦跳跳的孩子，孩子高舉五彩氣球，熱鬧得很。

涼了的咖啡聞起來有種醬油膏的味道，這一杯要一百多塊錢，我一般不喝這種東西，覺得還不如蘋果西打好喝。我含了一大口在嘴裡，沒有立刻吞下去，那味道苦中帶酸。

說著說著，陳儀伶突然自己笑出來，她這個樣子看起來有點神經質，情緒變換之間毫無過渡。她挖一口蛋糕，對著我冷笑：「你們男人說話是不是就跟放屁一樣？老跟女人說要愛她一輩子，但往往做不到——沒一個做得到。」

服務員剛好經過旁邊，瞄了我們一眼，大概以為我們是對情侶，正在吵架。

我憋了很久，才說出一句爛俗的廢話：「感情不能勉強。」

「連你都會對我說感情不能勉強啊？很多人跟我說過啊，那時我聽不進去，可現在我是明白了⋯⋯真的，所以發現他從沒真正想過要我的時候，我也不要他——」

「我那些女同事老愛問我到底交過幾個男朋友，我知道她們在背後把我說得很難聽，但我管她們呢！交過十個二十個又怎麼樣，重要嗎？我到現在不還是一個人啊？」

我覺得她好像要哭了，可仔細一看，什麼都沒有。

「程瀚青，我其實就只想找個你這樣的男人，你別不信，可怎麼就那麼難呢？」

我沉默了會兒，後來對她說：「妳不是想找我這樣的，妳只有傷心的時候，才會想要我這樣的。」

她像是被我戳中痛腳，有點愣住，後來又有點急迫：「但我現在想通了，那你願不願跟我在一起？」

我有時好討厭陳儀伶這種一副坦蕩蕩的、什麼話都敢直接往外說的皮樣。這點跟高鎮東簡直太像了。自私。但因為我心裡有高鎮東，所以我忍。對陳儀伶，我只覺得她太賤。

這一刻我算是明白，說她口無遮攔其實未必，她無非是仗著某些優勢，覺得這一套適用在每個男人的身上。可現在她更像自暴自棄，也許是因為我的話不中聽，她覺得面子掛不住，覺得我幹嘛不像以前那樣保持沉默。

她說：「你是不是一直不相信我真的喜歡你？」

我扒了下頭髮，很不耐煩：「陳儀伶，女人本來就應該懂得保護自己，妳自己犯賤，就別要求別人愛妳愛得死心塌地。」

我說完，陳儀伶忽然伸手抓住桌上的咖啡杯，白色杯壁襯得那指甲更加紅豔，我以為她下一秒必然會把咖啡潑到我身上——可她沒有。

我總覺得當時她是真想潑我，只是不知道為什麼忍住了。

●●

那一晚是我跟她認識的這幾年來，第一次不歡而散。

我從未有過與女人吵架的經驗，我以為陳儀伶從此大概不會再與我聯絡，我還是低估了她，幾個月後，她又主動打電話約我吃飯，灑脫得令我大開眼界。

高鎮東隱約知道我那乏善可陳的交友圈裡，存在這麼一位奇女子。我甚少主動對誰提起陳儀伶——正確的說，是我幾乎不會對任何人提起陳儀伶這個人。那種心態很微妙，我自認這對她多多少少是種保護，畢竟談起她，不可避免要說起她那些男人還有她的感情，這可不是什麼愉快的事。

有幾次陳儀伶打給我的時候，高鎮東都正好在一旁，對於電話裡，陳儀伶那時而嗲聲嗲氣的撒嬌，他甚至有次還直接問：她是不是做那個的？

我反應過來「那個」是什麼意思，面色有點黑，大罵：「操！」

心想：高鎮東難道一直以為我會打電話叫雞？

他笑：「你是不是還沒去過酒店？」

我問他要幹嘛，他勾上我的肩膀，笑得像個拉皮條的：「要不下次我帶你去我們店裡見識見識，我現在可是經理了，我們店裡小姐是中山區最漂亮的，要什麼樣有什麼樣，到時候我親自招待你——給你挑兩個最好的伺候你啊。」

我煩得一把推開他，他笑倒在床上。

十一

陳儀伶曾說我這雙手一看就是男人的手——虎口的繭特別厚、特別粗糙。

「你手太粗了，但如果我是你的女人，一定很喜歡你摸我的感覺。」

陳儀伶什麼話都敢說。我也想過，要是我對女人能夠來電，或許我跟她真的會有一段情也說不定。

或許吧。但應該也走不到一輩子。陳儀伶這種女人不適合過日子，有時我感覺她並不是真有那麼喜歡我，只因為她三番兩次在我身上吃癟——不是有句話這麼說的嗎，得不到的總是最好的。

她情場上接連失利，吃足苦頭，照常理說是不應該的。因為她條件足夠好。我一直覺得陳儀伶會有此下場，她自己起碼得負一半責任。過往那些與她有交往的男朋友們，據我瞭解多的是成功人士，非富即貴。

那時我以為女人能活到她這個程度，本該什麼都不缺了。但為何還有那麼多不如意？

直到她第二次懷孕，那次是我陪她去做手術。當然不是把孩子生下來。

掰指算算，離我們在咖啡座不歡而散的那回，不到一年半，她打電話求我陪她去診所，說實話，我完全不想答應，可最後還是騎著摩托車，準時出現在她家樓下。

那天我原本打算坐計程車過去接她，是擔心手術過後她可能不方便坐機車，但她拒絕：

「你還是騎車載我去吧。」

我拗不過她。

約在她家樓下碰頭，我把安全帽遞給她，認識多年，那還是陳儀伶第一次坐我的摩托車，所以我記得特別清楚。她抱著我的腰，凹凸有致的身體緊緊貼在我的背上，後面載個女人，也算個孕婦，我沒敢騎太快，風迎面颳來，我聞到她身上那種明顯屬於女人的香味。可能是香水。可能是洗髮水。她把頭靠在我的肩膀上，約好的診所在忠孝東路附近，這一路我騎了將近二十分鐘，風越來越涼，她越抱越緊，我不知道自己這回又算是個什麼荒謬的角色，生平第一次陪女人拿孩子，既不是孩子的父親，也不是陳儀伶的男人，我可能就是專門來給陳儀伶那些男人收拾爛攤子的，還他媽是個免費義工。

陪她進了診所，已有一對年輕男女坐在候診區那兒。

兩個年輕人都一副慘澹的倒楣相，那是個綁著馬尾的女孩子，看起來相當緊張，一邊的男孩將她的手緊緊握住，兩人不時交頸低語，說著說著女方就哽咽了，哭了起來，當時我跟陳儀伶就坐在他們的正後方待號。

診所內相當安靜，四面白色的牆，綠色的椅子，掛號櫃檯旁擺著一方魚缸，魚缸裡有五隻金燦燦的肥金魚，候診區一片死寂，氧氣泵打出的水聲幾乎成了唯一的動靜。前面的小情侶頭靠著頭，相形之下，我跟陳儀伶簡直像極一對冷漠到極點的離婚夫妻。

陳儀伶這次的事，我不曾在細節上問過一星半點，例如孩子的父親是誰？幾個月了？對方為什麼不陪妳來？我好像麻木了，對這些事一點都不感到好奇，只希望可以快點結束。

頭靠在牆上，我盡所能地讓自己在這片壓抑無比的空間裡放空，陳儀伶坐在身旁，也不知道在想什麼，安靜得很。我看了她一眼，覺得她太冷靜了，冷靜到不像樣，好像那塊肉根本不是要從她身體裡挖出來的一樣。不知道為什麼，當時我就那樣伸出手，蓋在她擱在大腿的手背上，她的手很冰，手指又細又嫩，跟我這雙修車的手完全相反——這是一隻無比女人的手。

她說過我的手很「男人」。

我不知道自己的手到底男人不男人，只知道這一刻，我強烈地想要給她點什麼，哪怕讓她靠一靠。一分鐘也好。

雖然對她來說，多這一分鐘或少這一分鐘，可能都沒什麼區別。

我盡量讓自己的注意力放在前方泛著螢光的玻璃魚缸，這時，一個戴著口罩的護士走出來叫了陳儀伶的名字，「陳小姐，準備嘍。」

我感覺她的手動了一下，我將陳儀伶的手全部包覆在自己的手掌裡，拇指有些不自然地摩擦她的手背。

後來，她的眼淚掉在我的手上。

那個午後，密閉的診所內下了一場雨，短暫而灼人的雨，全落在我跟陳儀伶交纏的手上。她在我肩上靠了幾分鐘。

七月十四號下午一點二十八分，在那間診所裡，我就做了她幾分鐘的男人。後來她告訴我，她永遠不會忘記那一天。

她紅著眼眶，說：「程瀚青，為什麼我不早點認識你，你為什麼不喜歡我……」

她對我說，要是有一天你沒那麼喜歡你女朋友了，你能不能給我一個機會？

我看著她，那是我生平第一次對女人說謊。

我說，好。

陳儀伶進手術室後，我走出診所，蹲在騎樓邊抽菸，看著眼前滿是車潮的忠孝東路。

後來覺得熱，就把牛仔外套脫下來掛在肩上，我的正對面是一個橫躺的流浪漢，一動也不動地躺在柱子邊睡覺，渾身汙黑，頭頂上方靜置一個破舊的維力炸醬麵尼龍碗，裡頭零零散散的幾個硬幣，十塊、一塊，還有張孤零零的紅色百元鈔。

我就這樣無聊地看了他許久，也不知道自己究竟是在看他，或是在發呆。

過了很久，我掏出口袋裡的手機，握在手心一會兒，才打給高鎮東。

這個時間他一般在睡覺，響了有一陣子，才接起來。

高鎮東聲音透著濃濃的睡意，還有些沙啞，「喂？」

「是我。」

「嗯。」

「今天我不過去了，有點事。」我說。

電話那頭沒聲音了，我正想要不要直接掛掉時，高鎮東又喔了聲。

電話裡，我聽著他沉沉的呼吸，一陣熱意頓時湧入胸腔，也許是剛剛在診所裡被陳儀伶影響，讓我忽然有種衝動。

我叫了他一聲。

「高鎮東，」

「嗯。」

「我——」

我們在一起吧。

……菸灰散落，幾乎是同時，一道尖銳的喇叭聲響從馬路上響起，高鎮東那邊應該又是開著音響睡的，隱約能聽見模糊的歌聲，對面的流浪漢翻了個身，鋪在底下的報紙被捲了起來，不知放了多久，已有些泛黃，上面油印的黑色字體有深有淺。

我垂下眼，將手中菸蒂彈出去，接著說：「——晚點再打給你，你睡吧。」

寥寥數語，全是廢話。也許高鎮東一覺醒來，會把這通電話當作一場夢，也或許會直接忘記。

我站起來，走到那個流浪漢身邊，在褲袋裡掏了掏，總算掏出一把零錢，放進那只尼龍碗時，那個流浪漢掀開眼皮看了我一眼，木然的臉上看不出表情，緊接著又閉上眼，再度死氣沉沉地睡去。

我沒在意，轉身走進診所。

一個多小時後，陳儀伶慢慢走出來。我趕緊過去扶著她。

她臉色不是太好，也不太說話，我也不知道怎麼辦，一路上只能牢牢牽著她的手，隨時注意她的情況。

我的機車就停在忠孝東路，直接在診所門口攔了計程車，在後座陳儀伶靠在我肩上熟睡，那一段車程，我們的手始終沒有分開。

把她送到家門口，看她提著藥袋走進剛打開的電梯裡，道別時，她一直按著開門鍵不放。我們一個站在電梯外，一個在電梯內，等了會兒，她才開口，聲音有點虛，「過陣子我再打給你，你別不接我電話。」

我點頭：「嗯，妳好好休息。」

我轉過身，走出幾步，還是沒聽見後面電梯門闔上的聲音，於是又回頭，陳儀伶人還在那裡，我頓了頓，才又告訴她：「好好照顧自己，有事妳就打給我。」

「嗯。」她的臉色雖然不好，笑起來的時候還是很美。

她終於放開手，電梯門緩緩密合，這次我沒有先走，直到目送她的身影徹底在門後消失，才步出這棟與我格格不入的大廈。

十二

有時候我覺得日子過得很快。

陪陳儀伶去墮胎之後，晃眼又過去幾個月，生活瑣碎又零散，陳儀伶沒再找我，有幾次我都想打給她，問問她好不好，可每次叫出通訊錄裡的號碼，又因為不知道怎麼開口而作罷。

那年的冬天特別冷。

我和高鎮東去泰國玩了五天四夜，很久沒有這樣輕鬆過。回來時，遇上十年來最冷的一波寒流，更覺得像是做了場夢，極不真實。我跟高鎮東都不喜歡冬天，夏天再熱，對我們來說就是流流汗的事，可一到冬天，早上起床，就很痛苦。我每天早上都不想起床上班，卻也不得不向現實低頭。高鎮東這個睡仙，也深有同感，外面那麼冷，我們就更不願意跑出去，於是共同挖掘出一個新愛好——租錄影帶。

嚴寒的兩個月，我們每次見面幾乎都待在他家裡，哪也不去，肚子餓了就下碗麵，看電影，做愛，然後睡覺。

有回週末，我們躺在那張床上看周星馳的電影。女主角是袁詠儀，劇情非常無厘頭，但很好笑。其中一幕是袁詠儀飾演的殺手躲在遠處準備狙殺零零柒，結果那頭周星馳什麼都不知道，嘴邊黏根菸，正在一架白鋼琴前自彈自唱張學友的歌，就兩分多鐘的畫面，我頭一回發覺周星馳其實長得也挺帥的。周星馳在耳機裡問袁詠儀，妳覺得我怎麼樣？當時她正在遠處拿著槍對準他的頭，冷冷地說，除了帥沒什麼好說的……

對了，那戲裡頭還有陳寶蓮。看見她出場時，我又想起陳儀伶，不知道她最近過得如何。只是轉念一想，又覺得她也不是那種能在生活上虧待自己的女人——每次與她相聚，都是因為傷心事，有好事她幾乎不會想起要找我，或許我們不聯絡才是好現象。沒消息，就是好消息。

我說，「周星馳還滿帥的。」

高鎮東覺得我的眼光有問題：「拜託，你講劉德華我認，他——」

我笑：「唱得很深情啊。」

高鎮東拆了包可樂果說：「對嘴的吧。」

我無言以對，只好從他手裡抓過一把可樂果往嘴裡丟，房間裡一時全是喀啦喀啦的聲響，高鎮東忽然轉過頭對我說，「我跟你說過我會彈吉他嗎？」

我驚訝，心想，他沒說過吧。他笑得很得意，就把那包可樂果塞到我手裡，叫我等著，開始一陣翻箱倒櫃，還真捧了把吉他出來。

就是一把普普通通的吉他，看得出來有些舊。高鎮東關掉音響，拖來一把椅子，自信滿滿地正對著床前坐下，手指隨意地在琴弦上撥動幾下，樂器我一竅不通，但看他抱吉他好像挺有架式，我沒見過他這個樣子，也覺得很新鮮……

我忽然明白，為何以前學校那些懂得說學逗唱的男生把學妹總是特別成功，拿樂器的男人好像真有種奇怪的魅力，看起來深情專一，就跟現在的高鎮東差不多。我有點恍惚，隱隱想像出青春期的高鎮東是什麼樣子。

他在那個年紀裡對個漂亮女孩一見鍾情，跑去刺青、跑去學彈琴，都像是他會做出的事，很衝動，很瘋狂——那是他的青春。但他自己又對此嗤之以鼻，說那些不過都是傻事！他說他絕對不會再去做第二次，但我其實有嫉妒，他這輩子可能都忘不了那個女孩。

高鎮東裝模作樣地說：「你要不要點歌？」

我有點狐疑：「能點啊？」

他瞪我，我笑了。

「來個深情的吧。」

我坐在床上，一腳蹺起，像個大老爺，考慮等一下要不要塞個兩百塊到他內褲裡。

高鎮東不再廢話，真的隨手來了一段。我原以為他是唬我的，沒想到還真有兩手，起碼聽在我這個門外漢耳裡，還是覺得挺厲害。美中不足的是他沒唱歌，只是彈，彈了一段我聽起來很熟悉卻想不起來歌名的旋律，高鎮東側低著頭，嘴唇微抿，瞬間，這個小混混看起來竟也跟那些大學校園中沒事就愛坐在樹下的文藝青年沒什麼兩樣。

這歌我越聽越熟悉，但就是想不起來。

電視機定格在周星馳中槍的那一幕，面色蒼白靠在牆上，腿上全是血，袁詠儀的眼睛大得跟金魚一樣。

床邊那枝落地燈散發令人昏昏欲睡的黃光，地上躺著幾卷錄影帶的盒子、一隻可樂罐，高鎮東抬頭看了我一眼，我張開嘴，發不出聲音，想破頭也想不起來這是什麼歌，我肯定在哪聽過……

窗外的台北太冷了，冷到讓人經常想就此一睡不醒。

那個下午不知道高鎮東到底彈了多久，後來我睡著了，醒來的時候，外面已經天黑，窗戶泛起一層白霧，我以為自己睡了很久，看看鬧鐘，也不過一個多鐘頭。我做了夢，記不太清了。夢裡我在騎車，什麼也沒幹，就是一直騎、一直騎……

高鎮東看起來一直沒睡，他坐在旁邊看電視，聲音調得很小，要不是那一把木吉他就躺在地上，我幾乎要以為下午那件事是自己在作夢。

我終於想起來高鎮東彈的那首是什麼歌。

見我醒了，他轉頭問我：「醒啦？」

「你剛彈的那首——」

高鎮東有些詫異：「操，你還在想這個？」

「我想到了，《天若有情》嘛。」我就說我一定聽過，那部電影中劉德華流著鼻血、騎重機載著吳倩蓮，最後死在大街上。

高鎮東聳聳肩，也不是很在意，我忍不住把手伸進被窩，握住他的大腿，我問他要不要來，高鎮東將菸丟進菸灰缸，一絲白煙飛揚著，笑得有些色氣：「來啊。」

十三

高鎮東不愛吃苦。

能入口的食物飲料，但凡帶點苦味的他碰都不碰一下，苦茶他不喝，苦瓜他不吃——尤其是苦瓜。偏偏他又很喜歡金沙苦瓜和苦瓜雞這兩道菜，每次跟他去吃熱炒，桌上幾乎都會出現這兩樣東西，點了金沙苦瓜，他就吃鹹蛋，我消滅苦瓜；點了苦瓜雞，他喝湯，我仍然在吃苦瓜。

他覺得很奇怪，問我怎麼那麼愛吃苦瓜，當時我扒著碗裡的飯，說：「我不吃，你吃啊？」

高鎮東愣住，像是沒料到這個回答，見我又要伸手去夾，他忽然擋住我的筷子，臉上的表情很怪，他把那盤幾乎只剩下苦瓜的鹹蛋炒苦瓜挪開，「靠，不喜歡就別吃，我有逼你啊？」

他大概是無法理解我這種「明明不喜歡，還要全吞進肚子裡」的行為。他喜歡享受，在能力範圍之內，不是個會讓自己吃虧吃苦的男人。我曾經問過他為什麼不喜歡吃苦瓜，那時他還反問我，誰喜歡自討苦吃啊？

我不知道該怎麼回答。說不想浪費，其實有點牽強。我自己清楚，很大原因跟喜不喜歡無關，大概就是願意而已。我願意這麼做。

我不是很浪漫的人，不像他為了追一個女人就跑去刺青、跑去學吉他。除了上床之外，我能做的最多就是吃吃對方剩下的東西，或者在他需要我的時候，跑去幫他打一架而已。這些都是我自己願意的，而我因此滿足——那些被他剩在盤子裡重油苦澀的滋味，我吃得更多的是心裡快樂，但高鎮東不會明白。他只會覺得我有毛病。

愛究竟是什麼？說法太多了。每年情人節，就聽很多人講愛情的味道是塊巧克力，我覺得是放屁。我也吃過金莎，金色的包裝下，那滋味甜到讓人頭皮發麻，我吃過一次，覺得很噁心，就吐進垃圾桶。可能女人與男人的味蕾有區別。關於那種接近「愛」的滋味，我嘗到的最真實的，其實只有高鎮東留下的那些失去金沙後，又苦又鹹的味道而已。

可能是覺得不好意思了，後來再出去吃飯，高鎮東越來越少再點些帶苦瓜的菜，也不是完全沒有。有時我會主動幫他點，他不會拒絕，但偶爾也開始嘗試吃一兩塊苦瓜，但吃沒兩口就放棄。

很多地方的改變，讓我以為我跟他至少有了點真感情。

這種認知是十分陰險的陷阱，我陷得太深，傷筋動骨，否則那天也不會不要命地與高鎮東痛打成一團。

最好的時候，我曾恨不得把什麼都給他；最糟的時候，我想過把他打死，他也把我打死，從此海闊天空——什麼愛情，操你媽的愛情！

——那是九八年，我跟他終於迎來第二次分手。

因為高鎮東睡了個叫小麗的酒家女，在那張我們做愛過無數次的床上跟她做愛。

那天我正要去找他，爬著樓梯時，那個叫小麗的漂亮女人正從高鎮東家門口走出來，我提著塑膠袋站在樓梯上，她走下來與我擦肩而過時，還抬頭對我笑了笑，大約以為我也是住這棟公寓裡的某個住戶。

我拿鑰匙打開高鎮東家的門，走到他房間，就見他穿著條內褲坐在床邊抽菸，床上還躺著只桃紅色胸罩。

抬頭見到我，他也不慌張。

我們沉默一段很長的時間，實際上可能很短，回過神後，我已經把塑膠提袋摔在地上，衝過去把他踹到地上。

暴力不能解決問題，但男人跟男人之間，拳頭往往是最直接的發洩方式。

那天我們打得很厲害。

他的房間被我們摧殘得不成樣子，那枝落地燈破了，香菸落在床單上，燙出好幾個焦黑的痕跡。

起初高鎮東並沒怎麼還手，只是一直躲，後來應該是發現這樣下去不行，因為我是來真的，他被我打得流鼻血，高鎮東體格本不輸我，手長腳長的，抹了把鼻子，後來就跟我打起來。

他房間裡的東西，所有能摔的幾乎都被摔了一遍，猶如龍捲風過境，屍橫遍野。

我們好像殺了彼此全家的仇人。

我每一拳都往高鎮東臉上打，後來他把我壓在地上，掐住我的脖子，我覺得快要窒息的時候，他鬆開了手，一鬆手，我又打回去——反正沒完沒了。

……後來高鎮東疲憊地倒在地上，不管我怎麼發瘋，都不肯再動。

我眼眶很熱，大吼，回頭把那台音響上的CD和卡帶掃到地上，一腳一腳往上踩，幾個塑膠殼直接爆裂開來，體內那股怒火像外漏四竄的瓦斯般，那些唱片卡帶其實無辜，被我踐踏得四分五裂，但我控制不了自己，我覺得自己就像那些破裂猙獰的塑膠殼子，每踩一腳，自己同時都跟著皮開肉綻……

我怒罵高鎮東：「幹——高鎮東，我操你媽！」

我不斷反覆這句話，高鎮東趺坐在牆邊，胸口分明也在劇烈起伏著，雙拳緊握，面無表情地死盯著我。

「我操你媽！」

「高鎮東——」

「操！」

我還是哭了。

手背用力擦過臉，除了眼淚，還有血。

高鎮東被我打得頭破血流，我也沒好到哪裡去，臉上同樣有傷，我蹲在地上，手指關節的皮都掀了起來，用力握拳，傷口繃得更開。

我將頭埋在手臂裡，房間安靜下來。

地上到處是大大小小的殘骸，張學友的CD裂得不成樣子，雷射光碟像鏡子，我看見自己鼻青臉腫，兩眼發紅，哭得很難看，總之悽慘無比。

我從地上爬起來，還好進來的時候沒脱鞋子，否則這樣赤腳走出去，非得扎出一腳血不可。

走到大門口的時候，我在心裡發盡各種毒誓：要是再回來這個地方，我就不得好死！

高鎮東跟過來，我跨出門檻的時候，他叫了我一聲。

我突然湧起一股報復他的念頭。但其實我也不知道怎麼樣能一定讓他難受。我把鑰匙扔到他身上，僵著臉，情緒幾乎瘋狂，也不管他臉色難看，狠狠捶著自己的胸口，對他說：「高鎮東，我要是再回來——我程瀚青他媽就不得好死！」

只是一下子，我突然就體會到因愛生恨是什麼意思。太恨了。痛恨這一切。忽然痛恨自己，為什麼就是個同性戀！

走到大街上後，來往的路人見到我狼狽的模樣，紛紛避開。我站在路上，周圍是陌生的臉孔、車流，暌違許久的迷茫再度席捲而來，我不知自己能去哪裡。

這樣的感覺在很多年前也有曾過。

也許是我獨自在客廳對著老媽照片抱頭痛哭的那晚。

也許是我一個人帶著刀，在公園坐了一夜的那晚。

我想過關於我與高鎮東的各種結局，總以為我們能夠心平氣和地好聚好散。沒想到還是落到最難堪的這一種。但轉念一想，恍惚又覺得就這樣帶著一身恨離開，未必不好。至少它能成為一種證明，證明我至少確切地愛過高鎮東一次——只是這種愛，讓我們豁出去地、用力傷害對方。

那天之後，我們沒再見面。我幾乎夜夜失眠。

每天我躺在床上，都要不停催眠自己：一切都已經結束。

我不停告訴自己，睡一覺，明天睜眼，就會是新的開始。

十四

「轟——」

深夜，我被雷聲驚醒，這兩天入夜後，大雨下個不停，整個台北濕答答的，空氣都能跟著擰出一把水來。

天花板邊角好像生了壁癌，賓館房內也有股霉味，我下意識抹了把臉，身旁的男人照舊睡得相當死。他叫阿生，是我幾個月前在網上認識的新朋友。兩個月前在西門町見過面後，我們就這樣處著。他有一副連衣服也遮擋不了的好身材，就是太年輕了，他聲稱自己正讀大四，是文大的體育生，修國術的，起初因他的樣子我差點打退堂鼓，怕自己不小心誘拐未成年，但看了場電影之後，仍不敵慾望，還是跑到峨嵋街開房。

跟高鎮東分開五個月，我們真的徹底沒聯絡了。頭一個月，他還找過我，說找，也就是打電話而已，一天兩通，我沒接；後來變成幾天一通，我還是沒接，他也就不再打了。

阿生是個幽默的年輕人。那種幽默夾雜點無憂無慮的活力與天真，可能是還沒出社會的緣故，他們這種年紀都比較尷尬，二十出頭，不再是小孩了，但說是大人，卻又有個赤子之心，要不是我對網友都慣性保持著戒心，跟他相處起來，其實算是件樂事。

見面之後，他說我跟他想像中的樣子不太一樣，我問他想像中的我是什麼樣子；他思索了會兒，竟老實地說：「比我想像中的老。」

說完，又像是怕得罪我，才又改口：「也不是很老，就是有點……成熟吧。」

我嗤笑：「我還嫌你太嫩。」

他抓著頭，哈哈大笑，說他感覺得出來，「我知道啊，你一開始好像很懷疑我，是不是擔心我未成年啊？」

我看了他一眼，沒說是不是。

阿生是個愛聊天的，話很多，這點倒跟他在聊天室的特質一模一樣，你不理他，他還是能自己說得很高興。他常跟我分享些他的大學生活、男生宿舍的那些事。剛在網上認識他的時候，因為高鎮東，我狀態不太好，阿生出現的時機比較巧妙，成為我一吐為快的管道，我跟他模糊提過自己跟高鎮東那些事，阿生是個好聽眾，後來開過幾次房後，我們又熟了點，偶爾他也會主動問我還有沒有跟那個人聯絡？

這小子在這方面好像真有點經驗，就二十出頭的年紀，竟然還敢對我講道理，冠冕堂皇地叫我看開點。

他說：「這不是很正常嗎？像我們這樣的，這些都很正常。」

最後這句話他說得有點小心翼翼，大概是怕我聽了不舒服。這態度讓我覺得好笑。

阿生說：「就算沒發生這件事，你們就長久得了嗎？」

我直說怎麼可能，阿生看了我一會兒，好像鬆了口氣，拍拍我肩膀，「那不就得了？既然是這樣就不要那麼認真，不覺得難受嗎？」

我不知道怎麼講，乾脆問他：「你談過嗎？」

他說當然有，然後告訴我，他曾跟寢室的其中一個同學有過些許火花，成天朝夕相對的，洗澡吃飯訓練都在一起，那時他們會躲在一起打手槍，也不知道是不是精蟲上腦，只要跟那個人湊在一起就像嗑了迷幻藥似的，意亂情迷。

「後來呢？」我問。

「後來我想真的跟他來一次的時候，他突然拉上褲子不幹了，對我說，他也不完全是那個，你懂吧，反正就是……」阿生苦笑了下：「他說我誤會他了。雖然都是男人，應該灑脫點，但我不能接受，覺得自己好像被耍了——後來再看到他，我都覺得有股氣，很想揍他。」

我笑出來，阿生說話很老實，至少我感覺不出他是在騙我。

他有點訝異，只說：「你不說點什麼嗎？安慰安慰我也好啊。」

我反將那句話送給他：「既然是這樣你就沒必要那麼認真，你不難受嗎？」

……我們倆一塊窩在床上抽菸，越抽越多，越抽越猛，把整個房間搞得像火災現場一樣，我忽然想起天涯淪落人那句話。後面那句我忘了怎麼說。阿生的嘴好像停不下來，沒話說的時候，他就開始哼歌，哼一兩段就換，哼一兩段就換，我覺得有點煩，問他就不能唱整首嗎，他搖頭說，「我只記得住副歌。」

我問他會不會唱張學友的歌，他說會，又開始唱：「茫茫的喔，搭一班最早的列車，用最溫柔的……哎呀，不行不行！我不行！我知道他很紅，但我對他其實不太熟。」

我罵：「操，你他媽有熟的嗎？」

阿生點頭如搗蒜，「再給我一次機會，王傑行不行？我熟他啊，以前還拿他的歌參加過學校的歌唱比賽。」

要說阿生的嗓子怎麼樣，其實還真不怎樣。不能說特別好聽，但起碼不走音，他問覺得他唱歌好不好聽，我敷衍地點頭，沒說實話。

阿生清清喉嚨，又開始唱。

不要談什麼分離，我不會因為這樣而哭泣

那只是昨天的一場夢而已

不要說願不願意，我不會因為這樣而在意
那只是昨夜的一場遊戲

那只是一場遊戲一場夢
不要把殘缺的愛留在這裡
在兩個人的世界裡不該有你
……
說什麼此情永不渝，說什麼我愛你
如今依然沒有你，我還是我自己……

我突然被煙嗆到，嗆辣的味道一下衝進氣管，鼻腔整個刺痛起來。

阿生忽然彈了起來，嚇住了：「你、你哭啦？」

我朝他比出中指，咳個不停，他大力拍著我的背，有點笨拙，他從冰箱翻出一瓶礦泉水來，大手一擰，我仰頭灌了一大口，又聽他喃喃自語：「這水要錢啊……」

這小子的性格，我都不知道怎麼講，忍不住伸手巴了他的後腦勺，就像我以前打程耀青那樣。

等我順氣之後，就聽他略不好意思地說，「我還以為你哭了，不好意思啊！」

我沒在意，氣氛又尷尬起來。

沒一會兒，他又問：「你有沒有他的照片？我能看看嗎？」

我抬頭盯著他，大概是被我看得發毛，立刻擺擺手解釋他其實沒什麼意思，只是好奇，我不願意的話也沒關係。

我沉默了幾秒，說：「沒照片。」

阿生張了張嘴，後來就沒再說話，一夜都沒有。

其實我騙他的。

嚴格來說，我跟高鎮東是拍過照的。

前年我們去泰國玩，在曼谷一間遊樂場裡，有台大頭貼機，我們換了硬幣，兩個男人擠在那狹小的空間裡，我沒玩過那種東西，在印象中那都是女人或者小女生在玩的，面對黑漆漆的鏡頭，我很不自在，都是高鎮東在操作，花了近一百泰銖，拍了張十二格的小貼紙，兩個男人的頭就幾乎占滿整個畫面，旁邊滾著細緻的卡通花邊，看起來好傻……

那張貼紙我跟高鎮東一人分了一半。

我不知道高鎮東的那半還在不在。

我的那半，一直被我藏在張學友那張《愛火花》的專輯殼子裡。

十五

九八那年是我媽過世第十一年。

除了每年清明，九月我們也會固定上山祭拜，那是她的忌日。今年也不例外，只是這次跟著我們父子三人上去的還多了一個，是程耀青的女朋友，容家。

我們早已把容家當作半個程家人，小倆口談了五年戀愛，感情一直穩定，這女孩也算了不起，連程耀青碩士畢業後去當兵那兩年，都能安安分分地熬過來，雖然還沒結婚，但我爸已把她當作兒媳婦看待。

程耀青大學畢業後考了碩士，回家次數比以前更少，可每次回台北幾乎都帶著容家，偶爾留人小住一晚上。容家的樣子很普通，但人非常乖，真是個能過日子的。她是南投人，父母均務農，第一次來家裡就搬了箱他們老家自己種的巨峰葡萄和幾罐茶葉，老爸開心得很。容家上面還有三位兄弟姊妹，她是老么，幼時家境不算寬裕，可父母寧願咬緊牙關、日子過得捉襟見肘，也堅持讓四個小孩都上學念書，他們家四個孩子特別爭氣，據說當年兩屆聯考，兩個哥哥都是理科狀元，全上了台大；她姊姊念的是交大，她考進成大，一門四傑，南投老鄉的那些左鄰右舍讚歎不已，當年私下暗勸容家爸爸媽媽何必苦撐非要讓四個孩子都去拚大學的那些人，也都一一改口，又羨又酸地說他們家祖墳風水好，孩子個個大有前途，父母以後只管等著享清福了……

當時聽容家提起這些家事，我跟我爸心底都多少有些驚歎，一下又難以想像容家的家庭。不知道什麼樣的父母能教出這些子女？我全無概念，心底也覺得她爸媽的堅毅實在了不起。起初一聽到容家那些兄弟姊妹全是高知識分子，老爸還有些操心——父母到底是私心的。如果容家今天是我們家的女兒，再怎麼往上爬老爸肯定都支持到底，可現實程耀青才是他親兒子，他更希望娶進門的兒媳婦能夠好好照顧他的兒子，而不是個鎮日在外拋頭露面的女強人，但隨著相處漸多，我們發現容家不僅樸實禮貌，還特別細心，每次到家裡吃飯，總是自動攬起善後工作，洗碗、擦桌子、切水果，從沒把自己當外人，飯後必定端坐在客廳陪我爸聊天，瞧不出一絲不耐。

家裡多個女人的感覺就是不一樣。入眼的一切通通柔和起來，連空氣彷彿都輕盈幾分。電視機開著，外面又不時傳來容家與老爸的閒話家常與笑聲，門是半掩的，那時候程耀青就會跑到我房間來，開始跟我閒聊他那一陣子的課業與實習生活……

容家早跟著程耀青一起叫我大哥了。大概是從程耀青那裡得知我現在還是單身，偶爾也會拐彎地試探，說有幾個不錯的朋友，性格都不錯，也單身……我算是聽明白了，對容家的好意也是一笑帶過。有一次我缺德地拿了陳儀伶作擋箭牌。我早知道程耀青是老爸安排的線人，我爸架子端慣了，像這種私事，他一個大男人問不出口，就會讓程耀青來作探子，這種八婆工作一般都是落在家裡女人的頭上，女人家愛八卦，總比男人更樂意做這種事——要是我媽今天還在，她絕對當仁不讓，我可能就很難矇混過去。

家裡好不容易多出個女人，便由容家出馬。不得不說，容家相當有眼色，幾次來回之後，大概是發現我真沒這方面的意思，也就點到為止，不再提起。

有時吃完飯，我在房間休息，容家會特別替我分好一小盤水果送到房間來，弄得我很不好意思，幾次叫她不用這樣，她反叫我別跟她客氣。弄得我好像才是個外人。

她也不會光是把水果端進來就離開，見我無事，偶爾也會坐在桌邊跟我聊幾句，房門是開的，程耀青跟老爸坐在外頭看《神鵰俠侶》，我跟容家就待在房間聊天，扭頭就能看見客廳的情景。我們聊些雜事，當然，多數是關於程耀青的。

有一回我告訴容家，別把程耀青慣壞，什麼事都幫他做好，容家聽得一愣，後來笑笑，說她覺得程耀青跟我其實有點像。以前還沒見過我的時候，她沒感覺，見過了、熟悉了，反倒覺得程耀青性格裡的一部分應該是受我影響。

我說：「是嗎？」

她點頭，「以前他跟我聊過點家裡的事，講得不多，但我覺得你們都是很有擔當的男人。像我媽說的，扛得住事，男人就得這樣。」

我沒有順著她的話接下去，只說：「程耀青說過妳很照顧他，我跟我爸要跟妳說謝謝。」

容家擺擺手，像有點不好意思，笑說，「其實是互相啦，他對我也很好……我爸爸媽媽也很喜歡他。」

我開門見山：「你們商量過結婚的事嗎？」

容家說：「有，不過我們想再等等，再拚拚工作，我們講好了。」

「那就好。」我說：「雖然程耀青姓程，但如果有什麼事，都可以告訴我，他要是欺負妳，我幫妳教訓他。」

容家笑起來：「好啊，謝謝大哥。」

此時程耀青突然從門口蹦進來，賊兮兮地：「你們說我壞話啊！」

我和容家被他嚇到，我順手抄起枕頭就丟過去。

一切好像都朝順利發展。

老爸繼續開著車，身體還行，現在就等程耀青工作穩定之後，跟容家結婚。每個人的生活看似都漸漸步入正軌，彷彿應驗了多年前莊老闆的那句話：一切都會好起來的，越來越好。

這一年我爸不知又受了什麼刺激，開始常拿綠色盆栽回家種，原本空曠的陽台很快被弄得生機盎然，其中一盆，起初拿回來我以為是顆洋蔥，心想他沒事種洋蔥幹什麼，後來那顆「洋蔥」開了花，才明白這是個誤會。早晨老爸都會在陽台上搗弄那些泥土，開花那天，他高興地跟我說：「青仔，水仙花開啦──」

我們家就像那些來路不明的綠盆栽，日益鮮活起來，搖曳生氣，還等著開花。

我卻慢慢分裂成兩個我。一個我看在眼底，因此高興；另一個我又對這一切感到格格不入。

我並沒有像他們那麼快樂。那個從青春期開始便存在於身體裡的黑洞，越扯越大，已經深不見底，無論投擲什麼東西進去，都毫無回音。

我想自己這輩子大概就這樣了吧。

有高鎮東與沒高鎮東的日子，乍看之下沒什麼區別，寂寞的時候還是寂寞、都叫人那麼難受。可這種難受並非不能忍，人總有自己一套排遣的方式。

有人習慣讓自己忙。有人習慣讓自己醉。有人習慣再找個人一起消遣──聊天室裡那群人大多如此，他們來自各個角落，不同的背景，有的神祕兮兮，但不管如何，卻都有驚人相似的悲哀，大家聚集在一起舔傷取暖，我也不例外。

記得曾有個人的交友狀態這樣寫著：「淫靡是好東西，還有什麼比這個更正當的理由使我們湊在一起嗎？沒有了——」

有些人不適合太接近。像我們這種人，除了性的結合以外，最好什麼都不要計較。在一起，貪圖的就是一時快樂，談真感情往往才是傷人的開始。

十六

程耀青跟容家的事，小倆口自己給了個口頭上的準話後，老爸心中那塊石頭也算安放下來，此後他像是把注意力擺到我身上，好在他表現內斂，才每每給了我避重就輕的空間。

一天早晨，我跟我爸難得坐在桌上吃早餐，吃著吃著他忽然說起我那個沒什麼交情的表哥，說人家都三十了，老婆今年也要生第二胎，我沒接話，他又說不如讓容家給我介紹幾個朋友，她認識的女孩子應該都挺好，我有些煩，吞下油條後，就說：「容家那些朋友都跟她差不多，人家要找對象起碼也是程耀青那種的，能看得上我啊？你大兒子高中都沒畢業。」

氣氛頓時有些凝結，見老爸沉默下去，我突然有些後悔自己的衝動，他沒再說話，低下頭，視線落在桌上的報紙，之後也不再提這個事……

日子就這樣反覆單調地繼續下去。

有天阿生打電話給我，約我去西門町喝酒，我不太混酒吧，除去泰國旅遊那一回，以前也只跟高鎮東去過兩次，其實說不上特別喜歡或討厭。我答應阿生，禮拜六晚上，洗完澡準備出門時，老爸問我去哪，我一邊穿鞋，一邊說：「找朋友。」他喔了聲，又問晚上回不回，我愣了愣，說：「應該不會。」

他笑了笑，朝我擺手。

阿生給的酒吧地址在西門町附近，我到的時候已經快十點半，算是遲到了，結果那小子比我更晚，連個人影都見不到。這一帶夜貓子多，一路走來，附近有不少酒館，挺熱鬧的，我站在店門口等，正想打電話問阿生人在哪，電話才拿出來，便先響起，我以為打來的是阿生，低頭一看，螢幕上閃爍的名字，竟然是陳儀伶。

前陣子我還掛念過她，可不知為什麼，那晚在手機上看到她的名字，我沒有接起的慾望，放任電話在手中震盪許久，直到它停下為止。

螢幕由綠轉暗，我點了根菸，原本想打給阿生的念頭也被這通電話沖散，乾脆在路邊抽菸，邊抽邊等。

越晚人潮越多，音樂不時從開闔的玻璃門中流瀉出來，沒多久，我聽到有人在後面叫了我的名字。

是阿生。

他從不遠處走來，笑得高興，指了指背後的玻璃門，說：「進去吧。」

我將菸蒂扔到地上，用腳踩熄。陳儀伶那通電話忽然讓我對這個夜晚變得興致缺缺，正要跟阿生走進去，口袋裡的電話再度響起，我有點無奈，只好對阿生說：「你先進去，我接電話。」

阿生看著我，說：「我等你啊。」

我拿著手機走到一旁，看也沒看就將電話接起來。

電話那頭相當吵雜：「……」

我耐下性子，說：「陳儀伶？」

過了會兒，那邊才說：「程瀚青。」

是高鎮東。我啞然。

那邊好像終於走到一個比較安靜的地方，沒那麼吵鬧了，但隱隱還是聽得見那種重節奏的金屬樂，一下一下隔著電話撞在我震顫的耳膜上。

高鎮東說：「沒事，就是確認一下我有沒有看錯人。」

我眼皮一跳，立刻抬頭四處張望，街上，入目的全是陌生臉孔，酒吧那面大片的玻璃窗，上方吊著一排霓虹燈泡，玻璃裡，擠滿的人潮，旋轉燈快速地飛轉，紅紅綠綠飛掠，又暗又模糊，什麼都看不清楚。我無法形容那是什麼感覺，既不平靜，也說不上興奮，對於這種感受我又是麻木的，好像不過是再次證明一件事：不管怎樣，我還是會因為這個人有感情反應。高鎮東就像某種詛咒，喊一次程瀚青，我就要開始著魔——被它咒得不能超生。

阿生就在旁邊等我。我從酒吧玻璃上看見倒影——一個舉著電話、面色模糊的男人，張著嘴欲言又止，無言以對——那是我自己。

那些混亂的七彩光影煞是好看，讓我想起那年在泰國細雨中的月光，那時我跟高鎮東在深夜的曼谷街頭，差不多也是這樣的情景，熱鬧、朦朧。他還說明年要去香港，後年去日本，大後年再去美國……後來我們熱吻，擁抱，在泰國我有過一場前所未有的美夢。

高鎮東聲音模糊：「……我不確定是不是認錯人，也不知道你會不會接電話，我告訴我自己，要是你接了——如果真的是你，那我就問你一個問題。」

「程瀚青，」

他叫了我的名字，說：「我一直很瞭解我自己，我給不了任何人承諾——」

阿生忽然喊了我一聲。

……我不知道自己在幹嘛。

我舉著電話，不顧阿生喊我，推門跑進了那間酒吧。

震耳欲聾的音浪撲面而來，吼著我聽不懂半句的英文，擁擠不堪的舞池，歡呼、尖叫，混亂成一片，我在人流裡疾行，毫無方向感，我撞到很多人，與那些帶著各種香味的陌生男女重重擦肩而過……這張臉、那張臉，沒一個是高鎮東，我幾乎能聽見自己心臟跳得多快，每跳一下都像在說：找到他。

……酒吧非常吵，但我還是隱隱聽見高鎮東最後那句話：我們重新開始吧。

我滿頭汗，在這個密閉空間裡，我像個無頭蒼蠅般橫衝直撞，繞了一圈又一圈，結果還是徒勞一場。其實我想找到他，卻開不了口問他到底在哪。

電話不曾掛斷，這時有人從後面拉了我一把，很用力，我猛地回過頭，是一臉莫名的阿生。

阿生一頭霧水：「你幹嘛？看到熟人啊？」

酒吧內的空氣差，充滿煙味，我定在原地，好像一桶冰水當頭澆下來。

我看著阿生，或者說只是對著面前的阿生出神，手從耳邊放下來，電話已經掛斷了。

這通話一共講了六分零二秒。只比五分鐘多出了一分多鐘。卻好像滅頂那麼漫長。

那晚我從頭到尾都心不在焉，只跟阿生坐到十二點多就匆匆離開。

我們在酒吧門口分道揚鑣，阿生看出我情緒不好，也不多問，叫我別騎車回去了，叫車吧。

我朝他擺擺手，見他獨自的背影越走越遠，多少覺得對不起他。

我走得很慢，往自己停車的方向走，原本今晚打算跟阿生在附近開房，明天再騎車回去，可現在時間也不過剛過零點多一點。

巷子裡，機車格擠得密密麻麻，我藉著路燈找到自己的車，抽出鑰匙，就瞥到後照鏡上貼著什麼東西。

我盯著那張大頭貼許久，伸手將它從後照鏡鏡面上摳下來，動作很小心。

我駝著背坐在機車上，那張貼紙黏在指腹上，差不多一個指節大小，我用指尖摩擦上面兩張臉，既想笑，又難受。

十七

那晚到最後我還是沒回家。

我知道自己不能一個人獨處，我沒回頭再去找阿生，只是孤身在夜半的台北市裡漫無目的地飆騎，掐緊油門，手上的筋都凸了出來。

我抿緊嘴，油門越催越快，柏油路上的黑影不斷向後拉扯，宛如一隻窮追不捨的猛獸，無論躲到哪個角落，都逃不過被寂寞集體輪姦。

我以為自己忍得住，卻一度在深夜的中山北路上像個神經病一樣大吼大叫。二段那條是婚紗街，兩側人行道上，十家店鋪有八家是婚紗店，每面玻璃都擦得明亮乾淨，像個大珠寶盒，裝著每個女人的美夢，或許是時間不對，三更半夜地看上去，黑漆漆的，兩條街望去，櫥窗裡慘白的人形模特，看著反倒更像鬼，安全島上的路燈倒映在玻璃上，顯得陰森淒涼起來。

我大吼一聲，筆直空曠的中山北路隱隱能聽見回音，我一路騎到重陽橋前，煞住車，咬牙盯著橋口好幾秒，撇過臉用力貼在手臂上擦了一把，又落荒而逃似的催下油門違規回轉。

這個時候我只需要疼痛。需要射精。

性是好東西，能比酒更有效地麻木一個人。

我跑去找王克。到了他家，門砰的一聲關上，我們便迫不及待啃咬在一起，我又嚐到血的味道。這跟王克無關。我牙齦本來就會出血，是老毛病了，刷牙時經常如此，不時就會嚐到腥鹹的味道，我已經很習慣。我跟王克已經幾年沒聯絡，自從又與高鎮東混到一起，就跟他斷了。但那種默契還是存在。深夜之中，我找他找得如此迫切，還能因為什麼事？他不僅不在意，反而比我更興奮，反正我們就是兩條餓狗，拿過套子，王克瘋了似的從背後抱住我，用力地咬住我的脖子，久違的疼痛讓我渾身戰慄，他是真咬——王克有點暴力狂，簡單說就是有病，而且無法控制。他很多怪癖聽起來很變態。對體味天生敏感，特別喜歡聞別人身上的汗味。我以前就無法接受他這種嗜好，但除此之外，跟他還算合拍，王克眼鏡一摘，就是頭凶猛無比的野獸，與他文質彬彬的外貌極其不協調，不過就是這樣，才更加刺激。

我雙眼發紅，抓住王克的頭髮，不留情地硬扯，這個動作激怒他，他又更抓狂。

我急迫地要求他：「讓我痛，給我痛——」

王克私下還玩虐待。

剛認識他時，他自己就跟我坦白，但我不好此道，所以他也不勉強我，那短暫幾個月的時光，我們只是正常且單純的保持肉體關係。

但即使如此，還是擺脫不了他那種虐待狂的基因，跟王克在一起，爽快一定帶著疼痛，甚至很多時候，疼痛大過快感。

以前他曾經對我開過玩笑，感覺我跟他會是適合的一對，問我要不要考慮跟他試一次？我以為當時他是說他那些奇怪的嗜好，後來才知道不是。王克問我要不要跟他交往，這個交往是認真的，他想跟我有進一步的穩定關係。他有意願與我談感情。但是這樣的交往有個前提：就是必須接受他的全部。包括他那些與眾不同的愛好。不能說我毫無觸動，我前後幾任朋友，包括高鎮東，也只有過一個王克這樣開門見山地對我「求愛」過。但他太冷靜了，感覺更像在談判……我有點恍惚，其實明知自己不可能答應，但還是有點動搖。

我還是沒答應他。後來與高鎮東重逢，也就跟王克斷得一乾二淨。我沒再找過他，他也沒再找過我。想起當初他說的談感情，也不過如此而已。

年輕時我曾覺得自己倒楣透頂，可現在已不會這樣想。淒慘的人太多了。我曾經看過一則新聞，說是南部有個先天失明的九歲小妹，雙親俱亡，她每日與她奶奶拾荒度日，祖孫倆住在垃圾屋裡，後來奶奶出車禍，沒死，卻癱了。那失明小妹扛起家中生計，每天撿垃圾維生，也照顧她奶奶，左鄰右舍看不下去時常給予接濟，這件事在當地流傳得很快，先是派出所與社工出面慰問，後來連新聞媒體都一一出動，報導成賺人熱淚的祖孫情，開始有各方單位出面為她們募款，當時是我爸一個人坐在客廳看這則新聞，我走出去時，就聽他在打電話，捐了一千塊錢。她們慘嗎？慘。我無法想像那個九歲孩子的心理世界。她不怕嗎？對了，她還看不見。什麼也看不到。她是怎麼開灶煮飯的？怎麼走路的？一件廢棄物，她要摸多久才能確定這是一個可以換錢的東西？有沒有人欺負她？鏡頭照到她的時候，她瘦骨嶙峋，瘦弱得不像一個九歲孩童，她的眼球倒吊著，眼珠灰濁無神，記者問她話的時候，薄薄的眼皮不停打顫。記得有個問題是：「妳愛奶奶嗎？」她答得毫無猶豫，嘴角牽起一道淺淺又羞澀的笑容，這小女孩生得並不可愛，但那一刻叫人很心疼。

那聲「愛」，就那樣莫名其妙地深烙在我的腦海。有時想起來，覺得自己還不如一個孩子。很多地方都不如。

……第二次的時候，我壓著王克，我們倆是隻顛在海浪的木筏，滿目瘡痍，他舔掉我身上的汗，好像很滿足，換作以前我會噁心得不行，但這次我懶得管他，奮力專注在他身上馳騁，王克的舌頭劃過我的指縫，我已漸漸感受不到手心那小張貼紙的存在，可能早就掉了，但即使如此，我的手也不想鬆開。

「阿青，阿青……」王克在我耳邊，用彷彿已登極樂的語氣對我講：「你太棒了，你跟我在一起吧……」

「跟我在一起吧。」

我裝作聽不見。卻又想起在酒吧的那通電話。

有人說：活著就要努力。怎麼努力都是對的。

也許我注定就是個一事無成的人，命運給一鞭，才肯往前動一下。

很多年後，我回顧往事，經常會想：如果當初那些事，都做了另一個選擇，是不是現在的結果就會不一樣？

那時我已經明白，人生不是任何事都真的能夠「重新開始」。包括我跟高鎮東。但這已經是我聽過最好的情話。

因為這句話，讓我跟他又有了第二次機會。

十八

我不太聽英文歌，因為聽不懂，卻發現好多熱愛追求速度的人都喜歡在飆車的時候放西洋歌曲，音量還要開到最大，大到幾乎整台車都在跟著震的程度。若剛好又是一台好車，按照我們一般說法，就是欠人砸。有時我在下班的車潮中等紅綠燈，柏油路上，身邊就會停著這麼一兩輛欠人拿磚頭砸的車，整台車身似都在跟著震動，駕駛也跟著搖頭晃腦，像是嗑了藥，不時跟著嘶吼幾句，還會挑釁的地朝車外的騎士們瞄，我常常懷疑，車裡那些人是不是真的都聽得懂那些歌詞的意思？這種人以前我在車行見得很多，我同事很愛私下給客人亂取綽號，這種心態追根究柢應該是眼紅，所以一般都是損人居多，有一種「尖頭」，我也不知道為什麼要叫尖頭，但意思大約是指那些沒事就喜歡拿外國人的東西裝格調，一身名牌，講話都已經台灣國語還要中英參半，我同事講這是一種釣美女的招術，如果開的是雙B（台灣人對豪車就認雙B），幾乎是百發百中。

陳儀伶自己有台紅色尼桑；我萬年一台一二五跑遍天下。以前她每次要求我陪她上陽明山看夜景時，不願意坐我那台摩托車吹風，就讓我坐她開的車，說實話我心裡其實有點牴觸，覺得一個男人坐女人開的車有點掉面子。她笑我大男人。我也不否認。每次坐她的車我都不自在，手一定要找點事做，不是敲窗戶就是抽菸，陳儀伶察覺到，就說：「你們男人就是見不得女人比你們有出息啊？」

我乾笑幾聲，沒答，她當我是默認。

陳儀伶性格自信，她有這份本錢，走在路上就像隻抬頭挺胸的孔雀。她說她就是享受這種被人羨慕喜歡的目光。很多女人妒忌她。她說這就是她的生活動力，她就從不給人機會看她笑話，難受時，只要想想這些人，對於明天，她又會覺得充滿精力。陳儀伶敢講敢為，連美都充滿攻擊性，我覺得她應該沒什麼女性朋友，說實話，有時連我都覺得她好像一隻鬥雞……

我身邊是再找不出第二個陳儀伶這樣的女人了。把生活過得鬥志滿滿，魅力四射，說起來她算個成功女性，應該算是很快樂了，有車有房，有錢又漂亮，追她的男人一大把，這種人生還有什麼不如意的？

站在陽明山上往下望，台北盆地的夜景，說穿了就是一堆燈和路燈，遠遠看去，彎曲的公路像一窩盤桓的老蛇，我們在山上望，萬家燈火，就是看起來熱鬧，實際上聽覺又是很安靜的，盯久了，都有點超脫紅塵的錯覺。

那時候台北還沒有一〇一，比較顯眼的地標應該就是新光的摩天樓和北投焚化爐，整座台北就在腳下，亮的地方很亮，暗的地方很暗，我家就藏在裡面看不見的一角。陳儀伶的也是。高鎮東的也是。大約只能找出一個模糊的方向，知道在那裡，卻看不見在哪裡。我記得小時候的夏天，台北的天空也會有一大片的星光，又密又亮，跟現在黑漆漆的天空根本不能比，台北的夜空，空蕩蕩的時間越來越長，時隔久遠，有時我也會開始懷疑童年時代背著程耀青看過的銀河，會不會只是自己的幻覺而已。

陳儀伶的車內就喜歡反覆播著那些令人牙酸的西洋情歌。其實也滿符合她的品味。說起來不知她算不算半個女尖頭，不過她英語倒是說得很流利，有時還會主動跟我解釋歌詞的意思，我就聽天書一樣，左耳進右耳出。她常抱怨我態度敷衍，問我難道不覺得歌詞動人？我苦笑：「小姐，妳饒了我吧，聽不懂就是聽不懂，妳再解釋十次，我也對不上哪句中文是哪句英文。」

陳儀伶理直氣壯：「可以學嘛。」

「哪有那美國時間。」

其實也不是真的沒有。但比起學英文，我寧願把這些時間拿去跟高鎮東做愛，兩個人整天耗在房子裡什麼都不做。

她不高興了，伸手在音響邊發洩似的按了好幾下，歌一首首迅速跳過，又回到她最喜歡聽的那首歌。是個女人唱的，叫瑪莉什麼什麼的。以前我唯一叫得出完整名字的美國女歌手只有惠妮休斯頓，是個黑人，歌聲撕心裂肺的，聽過一次就很難忘記。陳儀伶繼續對我解釋歌詞，說她喜歡這首歌，但當時我聽得心不在焉。

……這些事我還記得很清楚。我努力去回想起跟她相處的這些細節，就跟做了場夢似的。

陳儀伶一般與人交談時，聲線比較低柔，她一句中文，穿一句英文的解釋，說得很慢，喇叭裡唱一句，她跟著翻譯一句。我感覺好像回到從前學校的英文課，十堂課我有九堂在發呆，魂都不知飛到哪裡去。

我在副駕駛座昏昏欲睡。她非得逼著我跟她字正腔圓地複誦一次。拜陳儀伶所賜，除了 Fuck you 以外，我從此也算是多學會幾句英文，但從無用武之地。

她過世那年，正巧也是一九九八。

那年十二月。那則突如其來的死訊，就和不久前高鎮東那通「重新開始」的電話一般，都像是塊猝不及防朝我拍來的板磚。

年末是我們業務高峰，給忙碌折磨的，我對時間後知後覺的程度不是一般遲緩，接到通知時，我正在上工，手上的棉套沾著烏黑的油。

那應該是一封群發的簡訊吧，內容簡短明白，末尾署名的是陳儀伶的妹妹陳儀臻。大意是陳儀伶死了，以此通知她的所有朋友。我呆住許久，下意識竟翻了翻手機中的日期，都十二月了，又不是愚人節。

我第一反應就是操，開什麼玩笑！起初我根本不相信——這太扯了吧。

前些日子跟阿生去西門町，陳儀伶才給我打過電話，沒多久前的事——通話紀錄還存著，這怎麼可能！我不信邪，立刻撥了陳儀伶的電話號碼。還是通的。響了很久，卻沒人接。再撥一次，直到第三次，電話才被接通。

我有種不好的預感。對方那句憔悴的「你好」，讓我瞬間失去提問的勇氣。

我搓了把臉，想乾脆把電話掛斷時，那頭再度出聲：「是儀伶的朋友嗎？」

腳底發涼，過了會兒，我說：「是，不好意思。我是她朋友，我姓程。」

那邊安靜了會兒，才說：「你好，我是儀伶的媽媽。」

她母親逕自說起來，我沉默著，不知用了多大的力氣才強壓下掛電話的衝動。忽然不想再聽下去。不想了。

「……儀伶朋友多，我也不是每個都認識，才讓她妹妹翻了她的電話簿通知她的朋友。」

那聲音聽得出哽咽，她說得慢，我越聽心越寒。

她母親的語氣突然猶疑起來，「你——能請問程先生跟我女兒是？」

我先一陣啞然，才回答：我們是好朋友。

這句話我自己都說得心虛，猛烈的愧疚使我不知如何自處，連節哀順變都講不出口。

陳媽媽應了一聲，不再多言，卻也沒有掛斷。

我問，是不是能去看看她？她說當然可以。她母親說，若願意來送陳儀伶最後一程，就請將地址用簡訊回覆過來，他們會將訃聞寄到。我有些恍惚地回了句謝謝，之後又覺得不妥，才硬著頭皮說了句：「是，節哀……」

掛斷電話，那天我仍是把班上完。

回到家後，跟往常一樣，吃飯、洗澡，家裡沒什麼事，就回到房間關燈睡覺。隔著一道門，還能聽見客廳電視機的聲音。

聽說陳儀伶是吞了大量安眠藥。藥是醫生開的。她媽媽說她有憂鬱症。不知道是什麼時候的事。她從沒告訴我。

我一下想不起最後一次與她聯絡是什麼時候的事。想到那天跟阿生相約在西門町的酒吧，我寒毛一下全豎起來，她打給我，我沒接。那天她找我又是什麼事？

……我躺在床上，睡覺我不愛開燈，房間很黑，我把手臂壓在額頭上，完全睡不著。

不知過了多久，客廳終於安靜下來，一陣腳步聲經過房門口，又漸漸遠去。

我躺了很久，不知道自己什麼時候失去意識，我做了個夢。隱約間，好像看見我媽。

十九

我這一生就看過兩具遺體。一個是我媽，一個是陳儀伶。

訃聞寄到家裡那天是我爸收到的。那晚下班回家，老爸特地說桌上有我的信，我下意識想到的就是陳儀伶的白事。我過去翻找，把那張訃聞抽出來，一回頭就見老爸正看著我，愣了下，才對他解釋：「我朋友的。」

我向公司請了假，告別式那日起了個大早，按往常，休假日我通常能睡得天昏地暗，可那天早晨不到六點我就醒了。

人越老覺越少。我爸算是一個典型例子。他現在每天早上五點多就醒，家裡的早餐都是他出去散步時順便買回來的，他重新出去開車後，這幾年，脾氣更加溫和，都不太愛生氣了。我家附近有間開了二十多年的永和豆漿，我媽還在的時候，總是她把早餐買回來，現在是我爸天天走去買，豆漿店老闆夫婦認識我爸媽十多年，也算看著我跟程耀青長大，老闆娘為人熱心，知道程耀青上成大之後，就老憋著勁想給程耀青介紹女朋友，對象就是她女兒……

那天早上刷完牙洗完臉，我走到客廳，熱呼呼的早餐已被擺在桌上，拉開紙袋，還冒著煙。東西很多，有蔥油餅、飯糰、油條和熱豆漿，我爸從廚房走出來，見我這麼早起也不問原因，只叫我趁熱吃。油條炸得酥脆，一口咬下去嘎滿嘴是油，我和我爸很少有機會坐在一張桌子上吃早餐，上班日我也是睡到七點才醒，那時候老爸都已經吃完早餐，我的那份就原封不動地罩在餐桌上的保溫蓋裡，我上餐桌的時候，他不是在陽台給那些花草澆水，就是坐在沙發上看晨間新聞。

難得跟他一起吃早餐，卻也沒什麼話講，我埋頭猛吃，吃完油條，繼續吃蔥油餅，吃完蔥油餅再吃飯糰，我早上食量大，每次都恨不得把胃塞得滿滿的，十二月的氣溫涼颼颼的，我灌了口熱豆漿，瞬間，口腔內的味道鹹甜交雜，滋味很複雜，嘴裡東西太多，我鼓著腮幫，一下子，嘴裡的東西怎麼也吞不下去。

憋了很久，那一刻我沒敢抬頭，我能感覺我爸正在看著我，我突然很害怕他會開口說些我不想聽的話。

後來他伸手在我後背上拍了拍，歎氣，「要三十歲的人了，吃東西還像個孩子，沒人跟你搶——」他把椅子推開，走進廚房，這時我跑進浴室，把嘴裡東西一股腦吐進馬桶，我在廁所待了一會兒，再走出去的時候，餐桌上多了一杯溫開水，我爸不知道跑到哪裡去。

換完衣服後，老爸已經出去開車，餐桌收拾得很乾淨，上面擺著封白色信封，信封底下還壓著幾片樹葉。

我走過去把那信封打開，裡面除了三千塊錢以外什麼都沒有，我愣了一下，想叫我爸，才想起他已經出門，我猶豫了會兒，才摸出身上口袋裡自己準備好的那包七千塊白包，又添了一千湊數，才把兩包錢併在一起。我爸根本不認識陳儀伶，可訃聞上寫得一清二楚，我忽然想起之前隨口對我爸撒過的一個謊：我說過前女友是姓陳的……

我把葉子放進口袋。老一輩的習俗，參加喪禮有點講究，怕帶了不好的東西回家，所以要在身上放幾片榕樹葉，回程的路途，找機會把葉子丟掉，就不會厄運纏身。葉子肯定是我爸摘的。也不知道他什麼時候上哪摘的這些榕樹葉。

那天早上我八點半出門，過了中午才到家。

回到家裡，莫名疲憊，家裡就我一個人，很安靜。

我有個習慣，只要出門，回家第一件事就是先洗澡。我把衣服丟進籃子，沖了很久的熱水澡，只覺得更加疲勞。家裡沒人，我直接裸體走出浴室，才走出去我就想起一件事，於是又走回去，拿起籃子裡的衣褲翻找，一片變形的綠葉從口袋裡掉到潮濕的磁磚上。

我忘了把葉子丟掉，但也不太害怕，我本來就不太信這些，那片葉子被我從客廳陽台扔出去，往下飄的速度很慢，孤零零的，結果卡在樓下人家的曬衣架上，沒能落地。

我狠狠睡了場午覺。

直接從白天睡到三更半夜。

當我驚醒時，意識極度糊塗，一度分不清今天是幾月幾號、要不要上班……

● ●

老媽過世至今也都十多年了，我幾乎不曾夢過她一次。也不知道我爸有沒有夢過她，但程耀青確實常夢到我媽，曾經我對此感到介意，雖然我信鬼神，但還是會想，為什麼同樣都是兒子，我媽始終不給我托個夢，反而毫無血緣的陳儀伶，我卻能在頭七那晚就夢見她。

那晚上我睡得很沉。

我隱隱約約聽見一個女人在叫我。

「醒醒，你上班要遲到了——時間到啦！」

我不情願地睜眼，發現天色已經大亮，但我還是不想起來，這時有隻手伸過來，蓋在我的眼皮上，那種感覺讓我覺得很熟悉……

我聽見陳儀伶說：「快起來，你要遲到了。」

說完，那隻手就要離開我的眼皮，我本能抓住她，很自然地兩隻手就那樣握到一起。

我聽見自己對她說別走。

陳儀伶笑吟吟的，穿著件白衣服，就坐在我床邊。

她伸手拍了我的肚子，說：「吃早餐啦，你昨天不是說要吃煎火腿嗎？我弄好了，肯定比上次好吃。」

我被她拉起來，換衣服的時候，她還幫我打領帶，說藍色比較適合我。

我們形同夫妻，餐桌上擺著早餐，白色的盤子裡放著烤好的吐司，煎荷包蛋和火腿，我有點不習慣，她滿眼期待地問我好不好吃，我說好吃。

結果陳儀伶突然將叉子摔在玻璃盤上，刮出刺耳的聲響，我被這聲音弄得頭痛欲裂，想說她兩句，她就先發瘋了：「你又這樣！每次都這樣——你為什麼老是敷衍我？你們為什麼要一直騙我？」

我被她嚇住，她哭了。

陳儀伶歇斯底里拍著盤子，盤子砸碎了，蛋黃流在桌面上，又滑又黏。她說她很累，太累了。她嚎啕大哭，我既愧疚又不知所措，走到她面前，抱住她，一直跟她說對不起……

我們躺在地上，她一直抱著我哭，後來她抬頭看著我，伸手摸我的臉，我感覺她手很冰，問她是不是很冷，她搖頭，對我講：「程瀚青，我要走了。」

接著就站起來，頭也不回朝大門走去，我急忙站起來，問她去哪裡。

她打開門，回頭說：「去接孩子了。」

我說，「在哪？我送妳去啊。」

她問，「程瀚青，你愛我嗎？」

我說不出話。

她搖搖頭，說：「沒關係，我知道，你們都是騙我的。」

她走出去後，我忍不住大叫她一聲，想去追她，卻直接從床上彈起來。

我睜開眼，按著狂跳的胸口，才確認自己是在作夢，天還沒亮，也沒有陳儀伶。

回過神，才想起來她已經不在了。

●●

我倒回床上，毫無睡意，滿腦子都是那場夢，這時又忍不住去想，陳儀伶到底為什麼要死？死比活著容易嗎？

我越想越不對，越壓抑，體內憋著股氣，不斷發脹，我把枕頭掀到地上，朝牆捶了幾拳，就是不得發洩，那股氣是瓦斯，在身體裡一陣狂竄，一不小心，見了火，就要炸得血肉紛飛。

可能我這輩子都無法學會如何平靜地面對死亡。

死亡太恐怖了。是真正的一無所有，一下子，人就沒了。什麼都沒了。死去的人終於舒服了。活著的人一直痛苦……

說不定陳儀伶才是對的。死比活著容易。這個社會，舒服地死去，比舒服地活著要容易得多。

……當我漸漸冷靜下來後，人已不在家裡。

我抓著車鑰匙跑了出去——

不管了！我什麼都不想管了！

不知道自己活了這麼多年到底是為什麼，戰戰兢兢小心翼翼是為什麼，我不知道，這些通通沒有答案，我一路催油門，越騎越快，這條路在過去我騎過無數次，每次都是這麼黑，即使路燈不斷向前綿延，也看不見盡頭那處有什麼。

為了壯膽，我沿路大喊，好像這樣做就能充滿勇氣……

我騎到三重，就憑一股莫名其妙的衝動，再次來到那棟公寓前，上次離開這裡，我還發誓要是再回來我就不得好死。我沒忘記這件事。但我還是來了。

我站在那扇鐵門前，心跳得很快，這讓我覺得自己確實還活著，不僅活著，還活得特別明白清楚，我就是想他，我他媽就是喜歡他！

也許明天我會立刻後悔，後悔自己這麼衝動，可我不得不這麼做——要不，這日子太難熬了！

我打電話給高鎮東，沒有響太久，他就接了。
我將後腦抵在鐵門上，心很熱，熱得我發不出聲音。
高鎮東說：「程瀚青？」
我抬頭看著樓上的窗戶，不知道該怎麼說。
「程瀚青，」高鎮東又叫了一聲。
「高鎮東，」
「你在哪？我——」他說。
在十二月的台北，三重的凌晨，我們在電話裡幾乎同時開口。
「——去找你。」
「我們在一起吧。」我說。

二十

命運就這樣陷入了一場八卦迷陣中，每當我以為自己已走得很遠，其實只是一直在原地打轉。

這些日子以來，我一邊告訴自己已經沒事，一邊通過性愛自我放逐——就像戒毒，我要把高鎮東從我的人生分離出去。我想它並不完全是失敗的，只是也不夠徹底。

那晚的我彷彿倒退回十幾歲時的輕狂少年，明知無望，還是任由自己朝一條黯淡無光的前路狂奔而去。我手腳都在抖，卻很痛快。

高鎮東的房間變了許多。除了那張不曾移動過的床墊，大部分都起了劇烈的變化。

記憶中凌亂堆疊的ＣＤ山，剩下三三兩兩的幾張，那套黑色音響和老舊的雙卡收音機也沒了，同樣的位置還是擺著一組音響，卻不是原來那套。床邊那枝燈也換了。

電視倒還是那一台。

高鎮東什麼都沒問，就放我進來。

事已至此，說什麼其實都是廢話，我自打嘴巴，當初話說得多狠，這道耳光就有多響，但我還是回來了——果然回來了。

上來之後，我反而變得很平靜，我們什麼都沒做，各占據床的一邊。

意外的是，沉默並無預想中的難熬。

這大概就是豁出去的不同。最難的話在樓下那通電話都吐出來了，也沒什麼好怕，只是夾菸的手，仍像個吸毒犯一樣抖個不停。

高鎮東放我上來，卻沒有對電話裡我最後的那句話給予任何回應。既不表示接受，也沒有拒絕。

這種感覺好像又回到過去，彷彿我們不曾打過那場架。彷彿這只是個稀鬆平常的一晚。只要他在這裡，我總會來找他。

我將視線固定在漆黑的電視螢幕上，注意力有些渙散，突然想起不久前，他同樣打過一通電話，說程瀚青，我們重新開始吧。

那時的我也沒有回答。

那天晚上高鎮東是不是就躲在哪個角落目睹我慌忙亂轉?其實我那晚的反應已經很明顯，回不回答根本不再重要，可事後他沒再找我，隨著時間過去，那通電話就像船過水無痕，可能我們彼此都知道，這不過是早晚的事：有一天，我肯定會自投羅網。

房內煙霧瀰漫，高鎮東抓住我的手時，我還沉浸在那股情緒中無法自拔。

他的房間裡就開了盞床頭燈，那盞燈陌生又豔麗，燈罩由各種不規則形的彩色玻璃拼貼而成，在地上投射出七彩的光影，朦朦朧朧的，他將手指嵌進我五個指縫中，十指交纏，磨出一陣癢意，癢到心底。

我聽見他笑罵：「你他媽抖什麼啊？」

高鎮東抓著我的手放在他大腿上，沒做其他多餘的事，就這樣，也有一種天荒地老的錯覺。在完全清醒之下，我跟他少有過這種平和的場景——我突然覺得自己當初窮極無聊，何必憤怒地跟他打那一場架?結果還不是回到了原點?

他媽像場鬧劇似的，最後除了證明自己犯賤，其實沒有任何意義。

愛使人賤到塵埃裡。

曾經指責陳儀伶的那些話，像報應似的一一反彈到自己身上，我想她在天有靈，也許正在盡情嘲笑我。

陳儀伶曾說：女人喜歡假裝自己無怨無悔地拯救男人，無非就是因為愛他，又想得到對方全部的愛。這就是賭嘛。不到終局誰也不敢說自己是必勝贏家，陳儀伶看似隨便，但愛的時候，比誰都更加瘋狂，她什麼都敢押出去，名聲，肉體，感情，結果還是輸得連命都沒了。

那晚我大約也是帶著一種近乎同歸於盡的心情回頭。

只是這次我不賭高鎮東的感情了，就賭我們兩個人的痛苦。

愛太艱難了——痛比愛容易。

我知道不可能抓住他一輩子。也許有朝一日，還會比他先結婚生子，與某個女人共組家庭。無論這次能走得多長，我希望高鎮東偶爾想起我的時候，就會跟我忘不了他一樣，一想起就難受。

有時痛苦能有效地提醒一個人不要忘記，我不想的是他一轉頭就忘了我。

●●

那晚上高鎮東背對我，我從身後緊緊地抱住他。

我們沒做愛，就是躺在一起。

窗外的天色差不多亮了，我知道高鎮東沒有真的睡著，但我就當他是睡著了。

我放開膽子，親吻高鎮東的後頸。

窗外的鳥叫個不停，我撐起身體，越過他關掉那盞夜燈，躺下之前，在他耳邊說了句話。

他依然沒有任何反應，我卻像終於浮上水面，得以呼吸，渾身都鬆快了。

我倒回床上，閉上眼睛。

窗外，天已經亮了。

新光保全
0800-097-668
推
自動
机
市!

下部

二十一

和小麗那些過去，到現在都是一筆牽扯不清的爛帳，坦白說：我後悔得要死。

這些年來，我自己都有個疑問：那時候自己為什麼會那麼喜歡她？

跟她認識的時候，我們都很年輕。第一次在校門口見到小麗，我就忍不住多看了她幾眼，她穿著制服，臉上沒妝，走到哪裡都有男孩子看她。

她十七歲那年認識我。十八歲生日那天，是我們第一次做愛。二十歲那年我們分手——我不是個很愛回頭看的人，只是偶爾想起從前，再看看現在，也覺得夠煩了，小麗不是沒正常過。說到底，我知道自己對不起她。可能我做得最錯的一件事，就是當初非追她不可。

熱戀那兩年，我們有過激情甜蜜，那時小麗很討人喜歡，每次帶她出去都很有面子，一群兄弟的馬子沒一個比小麗漂亮，他們表面上不敢說，但眼神全藏不住，私下羨慕得要死，沒少說些屁話酸我。我也不怕他們酸，他們越酸，我就越爽……

我很喜歡小麗。

我們曾經把日子過得非常狂野，想去哪就去，想幹什麼就去幹，她先為我逃學，又為我逃家，上山下海，我帶著她到處玩，一天都不願意分開，那時我眼裡也就她一個女人，為了追她、為了討好她，我幹過許多不可思議的事，那些事日後想起來，多半都讓我有點後悔。

後來我們越來越不快樂，日子從痛快過到不痛快，我自己都不是很明白，好像就是一眨眼的事，我突然就覺得自己不那麼喜歡她了。小麗不止一次哭著這麼控訴我：高鎮東，是你毀了我。你一輩子都欠我的！

這事我認，我的確虧欠她。所以即使這麼多年過去，青春都他媽作古了，我還在與她糾纏不清。

小麗的瘋狂徹底教會我一件事：人就不能犯錯。

錯一次，就他媽是錯一輩子。不可能是你覺得你彌補了，就能當它沒發生過。

她掉過一個孩子，是我的。那時小麗才十九歲。這件事我必須扛起大部分責任，那也是我心頭一根刺。不過後來我也會想，不管怎樣，這個孩子應該都與我們無緣，就算沒有那次意外。我跟她自己都是半大的孩子，怎麼可能再去做一個孩子的爸媽？那個孩子根本就不可能生下來。當然這些話我沒跟小麗說過，因為我有罪惡感。孩子不想要，能去給醫生打掉，但不該是我親手打掉的。我根本不知道她懷孕，偏偏就是我弄沒的……

那個場面我還真忘不掉。那天我們吵了一架，我想出去，她不讓，拉扯之間我推了她一下，結果那一整個晚上小麗就在床上翻來翻去，一直喊肚子痛，三更半夜，等我發覺不對勁的時候，床單已經多了一灘血。

小麗休養那段時間，我對她百依百順，好像一夕間換了個人，我不再老往外跑，就在家陪著她。像伺候祖宗那樣，給她端茶送飯，洗澡洗頭，我還問過很多人，說女人小產傷身，很多事要忌諱，不能吹風又不能碰水，這個要注意，那個不能幹，我記得很仔細，連我自己都詫異自己的耐性。反正能做的我都幫她做了，連上廁所都將她抱進抱出。

但自那時起，小麗就變得喜怒無常。經常大發脾氣，動不動就哭，剛開始我都由著她，覺得是我的錯，她這樣反而讓我好受一點。

我是真想彌補她。可不管我怎麼做，她都不能滿意。

我以為自己能忍。我告訴自己這是我的錯。可時間一長，就完全不是那麼一回事了。小麗越來越過分，那時我學到一句成語，叫歇斯底里，說的就是小麗那個樣子，經常上一秒還在笑，下一秒就傷心大哭。我每次哄她，她都說原諒我，當我以為她差不多要好了，下一次她又更糟糕地發作給我看。我不想再跟她吵，當她又發瘋，我乾脆裝聾作啞，一句話都不說。

我們在互相折磨。那日子過得，我覺得是她在折磨我，她覺得是我在折磨她（她總說我在折磨她）。我不是個耐性很好的人，可他媽的這種日子還是硬著頭皮撐了一年。我都不知道怎麼做到的。我想過原因。要說是因為喜歡，到了後面，我還真感覺不到，就是愧疚——我欠她的。

後來我大哥跟他那個大老婆鬧離婚的時候，也難得在酒桌上感歎過，我記得他這麼說：兩個人生活在一個屋簷下，是會互相影響的，如果有一個老是覺得這日子過得很痛苦很絕望，另一個勢必也不會快樂——這番話忽然讓我想起以前跟小麗的那段水深火熱的生活，太他媽有感悟了！

我和小麗拍拖沒多久就開始同居，感情最好的時候，小麗有家不回，一天到晚往我家跑。她流產之後，乾脆直接住在我家裡，她爸媽還曾經打電話到我家裡要人。孩子沒了的那半年，小麗一張蒼白的瓜子臉，幾乎沒有笑容，我們每天睡一床，她的情緒其實能直接影響我，她的臉，時時刻刻都在提醒我一件事：你高鎮東就是對不起我。

我覺得很煩，不能對她發脾氣，只能憋著，原本見到她哭我還會覺得難受，想為她做點什麼，後來氣氛越來越僵——有時我實在忍不住想：她是不是故意的？

我大約是個渾蛋。那時就懷疑小麗是在拿翹，想用這件事掐我一輩子，逼我娶她。她不是沒幹過，那時我們感情好，她就老是嚷嚷叫我娶她，說二十歲就要嫁給我。我自知這種念頭沒良心，但完全無法克制它慢慢擴散。小麗不願意給我好臉色，我也裝不下去了，態度跟著壞起來，她跟我賭氣，我跟她賭氣，誰都看誰不順眼。我們的感情就在那一年迅速惡化，很多事說變就變，沒法解釋為什麼，回過神來，都已經無藥可救……

我們不是沒有好過，誰知道最後會變成那樣？

我還記得自己用第一部機車載著她到陽明山上看星星。因為她一句話我花光一個月的打工錢跑去刺青。小麗是我的初戀。但那又怎麼樣？就是她讓我明白，再多喜歡再多激情，其實都代表不了什麼，我喜歡她不是假的，可不也說沒就沒了。

我知道自己不再像從前那樣喜歡她。可我欠她，又還不了。這種感覺讓我十分不舒服，還看不到盡頭，我開始單方面地逃避她。逃避這種折磨無限延伸的生活，她二十歲那年，我們終於分手。

她把我家的東西能砸的全都砸了。我沒想到一個女人會有這種破壞力，我心底很火，但想想，都忍了這麼久，其實也不差這最後一次，面對她我沉默慣了，那次也是沉默坐在一旁，隨她發瘋，只在她拿刀的時候伸手擋了一下。那時我以為她又要鬧自殺，誰知道回頭被她反手捅一刀，幸虧我閃得很快，刀沒捅進肉裡，卻在腰間劃出一道血口子。

我當下大罵一聲，有瞬間以為小麗是真的要殺我。奇怪的是，我並沒有太多憤怒，甚至有些輕鬆——我心想，就當是我還她的。

離開我家前，小麗的精神狀態已經不太好，看起來憔悴又虛弱，明明才過去一年，二十歲的年紀，她身上那種青春活力卻幾乎不剩半點，我還記得最後她站在我家大門口的眼神，我知道她很恨我。

她說，「高鎮東，你記住，你曾經是一個爸爸，我們有過一個孩子——你就是欠我的，你欠我一輩子。」

我雙手插在口袋裡，無話可說。

肩膀上那片紋身隱隱在發熱，好像也在嘲笑這一刻。

我沒送小麗。我想她總不至於忘記回家的路吧，也許沒我她反而過得更好。

我從小野慣了，我曾也認為自己能讓小麗依靠，可事實證明：我就不是那種人。我能二話不說為她紋身，卻不想娶她。跟夠不夠喜歡無關，我就沒想過跟誰過一輩子。

我厭惡束縛，最喜歡她的時候，都沒動過結婚的念頭，繼續在一起，兩人都得倒楣。就這樣算了吧。她恨我一輩子也好。遇上我，就算她倒楣。不如等她自己忘了。忘了，就好了。

我想得簡單。那天過後，我以為跟小麗這段關係到此算是劃下句點。可我低估了小麗。

就像她好多年前在我家門口說的那句話：是我欠她的。我是不再那麼喜歡她，但也做不到對她鐵石心腸。

退伍後，我到銀坊上班，某一天，小麗突然跑來銀坊應徵當小姐，我他媽差點氣死。她外貌條件好，經理也沒理由把這種小姐往外推，結果我跟小麗正式成為同事，小麗業績火紅，銀坊一待就是好幾年。當時我只是個少爺，她是紅牌，每天晚上我們在銀坊見面，兩年不見，她變了非常多，漂亮還是漂亮，我卻對她再提不起興致。我看在眼裡，覺得她來當小姐，更像是故意來找我麻煩，不願讓我好過。我每天看她跟那些酒客調情，像朵帶刺玫瑰，尖銳刻薄，她跟其他小姐們幾乎處不好，經常吵嘴，我大多選擇無視，有時她們把我扯過去，要我講公道話，不論誰對誰錯，我都三言兩語敷衍過去。我承認自己對小麗做不到公私分明，買賣不成仁義在，即便感情沒了，我跟她也不見得有那麼清白。有時她存心惹麻煩，我再煩也會替她收拾爛攤子，當時很多小姐覺得我偏心，以為我也煞中了小麗……

我跟小麗的關係越來越荒謬。我替她擋酒，替她擋騷擾，日子久了，偶爾又與她重溫床上情——我喝多了有時管不住下半身。但也就僅止於上床了。

以前那些事讓我汲取教訓，我們絕對不可能再談什麼狗屁戀愛，即使我知道這個女人為我哭過很多次。

二十二

買子手提兩罐啤酒走來，用手肘撞我一下，說：「看什麼啊？」

我接過啤酒，原本想踹回去，又算了，中指比著窗外的月亮。

買子本名楊買城，是我國小同學，也曾一起度過國中幾年的叛逆時光。後來他因為竊盜被判進少輔院三年，我們斷了聯絡，再相遇又是好幾年之後。他現在在錦州街一間三溫暖城作泊車小弟，說來真巧，那間三溫暖我就去過那麼一次，跟他也算多年不見，當時要不是買子主動叫住我，我根本都沒認出他，大概會就此錯過。

他對我指月亮的動作很有成見，說：「你耳朵不要啦！」

「你他媽七歲啊？」我說。

買子嘿嘿直笑，仰頭咕嚕咕嚕地灌酒，喝得野蠻，他問我這幾年過得怎麼樣，我嗤他一聲，不屑。與買子在錦州街巧遇那時，我剛與小麗分手不久，心情說不上太好或太壞，只感覺解脫，只是偶爾沒勁，這些事我沒對買子說過，我和他關係鐵是以前的事，那麼久不見，多少還是有些隔閡。

趁樓下沒人，我將一只空酒罐從窗戶丟出去，下墜的途中撞得哐噹哐噹響，我忍不住刺他：「挺好啊，我比不過你。」

國中時代我跟他感情滿好，每天混在一起，到處惹事，說話也沒什麼忌諱，雖然現在生疏了，我卻還是不怎麼擔心會得罪他。

買子沒生氣，相反，笑開了，跟我乾杯。

「你怎麼樣？」我反問。

他抹過嘴角的泡沫，自嘲：「也不能再更壞了。」

我想起他十幾歲時的樣子。他算個異類。不知道是不是電影看多了，一天到晚把義氣掛在嘴邊。我們以前在外面打架時，只要他站在我背後，我一般會很安心往前衝。記得最常聽他齜牙咧嘴講的一句口頭禪就是：「幹，他是我兄弟啦——」

作買子的兄弟實在很容易。我曾是他的兄弟，別人也是他的兄弟。買子家裡很窮，想喝罐汽水都能猶豫大半天，他擁有最多的大概就是這些「兄弟」——有福自己享的兄弟、有難便拖著他一起擔的兄弟。他被判進少輔院，很大原因就是被這些雞巴義氣拖累。這也是我後來聽別人說的。

那時候他已經被關進去，我心底火，不覺得他可憐，只覺得這白癡是活該！是不是傻啊！就這種性格還想跟人混，出去比誰死得都快。

我也不是一開始就有這種人生領悟。從小我特煩別人對我指手畫腳講道理，唱的比說的好聽，淨他媽是些屁話。我很早就在外頭混，還跟人學過收帳，千奇百怪的醜態和嘴臉見得多了。在絕路時，人往往原形畢露，為了躲債，花招百出。我大哥就講過，看一個人心正不正，就看他最難的時候。有人會賴死賴活，有人裝瘋賣傻。有人能把自己女人拿去抵債。這些都是常見，最扯的還有當著一群人的面直接脫了褲子拉屎拉尿，誰知道那腦子怎麼想的……

不過這種鬧劇看看也就算了。不能太投入。一般來說，太有良心的人不適合學討債。能幹得長久的，心都會被磨硬。說起來，欠債還錢是天經地義，說穿了，我們是上門來收債，又不是搶劫，白紙黑字寫得清清楚楚，按規矩辦事，我們大哥給我們「上課」的時候，有句話是這麼說的：就算是個好人，欠錢難道不用還錢啊？

說的其實很對。那兩年，一文錢逼死英雄好漢的故事，我看得最多。

起初我同情過這些人，後來也漸漸麻木。高利貸遍地開花，錢是借不完的，同情心值個幾毛錢？

我通常可憐一個人的方式，多是冷眼旁觀，且不知道為什麼，對於越親近的人，我往往越殘忍。買子與我過去見過的那些「好人」基本上沒什麼區別。心也不壞。就是傻。傻得讓人想把他腦子劈開，看看裡面到底裝了什麼。他不算倒楣透頂，至少比我以前見過的那班衰人要好太多了，起碼還活著，又好手好腳，我覺得吧，只要活著，就還算有點希望。但這些話我沒對他說過。

在錦州街意外碰上之後，我們保持斷斷續續的聯繫，交情不鹹不淡，有空一起喝喝酒，但也恢復不到以前那麼鐵的程度。

我去當兵前夕，他主動提議給我餞行。我答應了。以前那些為所欲為和暢所欲言的時代，真是完全過去了，我們現在相處輕鬆，但彼此明顯都有所保留，很多事不會跟對方說。

買子大概是真的學乖了。其實這是好事。我想。

我服完兩年兵役後，解放出來，買子又換了份工作。不作泊車小弟了，竟改作酒保。幾次我們約在他工作的酒吧見面。他在吧檯工作，我當兵那兩年，他辭職去跟人學調酒，一切從頭學，技術說不上多高超，但勝在肯下苦功。買子說，起初光是那些英文酒名就把他搞得汗流浹背，痛苦不已，每天晚上光是背那些英文就背到快吐出來，不知鬧了多少笑話，每每那種時候他就真的後悔，後悔以前為什麼不認真讀書，還說要是能回到過去，他至少也會在上英文課的時候把二十六個英文字母給通通學全了……

我聽得哈哈大笑。

買子對這份工作下足苦功，態度擺得很端正，後來我才知道原來是他自己在薪水上主動退了一大步，不作任何要求，幹的事又多，從不抱怨，老闆才肯用他。

買子坦白他也喜歡男人那晚，我愣得說不出話來。主要是我從沒把他往那裡想過。那晚我們在那間酒吧喝了不少酒。買子喝得比我多，又喝得猛，看得出心情不佳，後來他腦子已經不太清醒，開始亂說話。

酒後吐真言這件事他媽原來是真的。他顛三倒四吐出一直以來迴避不談的少輔院那三年。該講的不該講的都講了。我不想聽也沒辦法。

他說，他原來也不是「這樣」的。是在裡面才變成現在「這樣」的……

一開始我聽得非常辛苦，買子這人一喝醉就大舌頭，話都說不清楚，聽得人直冒火，越到後面，我才總算聽明白。

我試圖想像買子那三年幽閉的生活，同時聯想起很多我在銀坊聽過的監獄笑話，再想想買子，一下寒毛都豎了起來……

那晚，買子喝成了個關公，胡言亂語說了一大堆。有時叫得太大聲，我還得摀住他的嘴。

他說在裡面那三年認識了個朋友。
不停說那個人對他怎麼好、怎麼好。
除了他阿嬤以外，再沒有一個人對他這麼好過——

二十三

少輔院四面圍牆，困住一幫荒唐少年。

在最血性的年紀失去自由，差不多等於綁手綁腳的滋味，想想每天吃飯拉屎睡覺，都給你在身上套條繩子，走得遠了就給你扯回來，像條狗一樣，正常人三十分鐘都未必受得了，何況是三年？

當年剛進去的時候，買子完全無法適應這種生活，這種不適應完全反映在他的腸胃上，那時他三天兩頭拉肚子，一個禮拜掉了三公斤，每天跟那幫「同學」照表上課作感化，他在裡面沒朋友，與大多的同齡人也毫無交情，買子抗拒去認識人，越來越沉默，直到他認識那個朋友。

那個人一直陪著買子，跟在他屁股後頭，幾乎像個老媽子，每天噓寒問暖，在那座籠子裡，有限的自由時間，兩個犯行少年幾乎形影不離。喝醉的買子還說那個人是從天而降的禮物。聽得我差點沒吐出來。以前買子很孤獨。那一千多個日子，他再沒有慾望去交朋友，那麼大的寢室，周圍睡多少人，都跟他沒有關係，反正他就是一個人。吃飯上課洗澡睡覺，就一個人。晚上熄燈後，躺在寢室的床鋪上，他也會想很多的事情。為什麼他以前兄弟那麼多？又為什麼他現在會在這裡？以前諸多困惑的事，讓他越想越難受，他白天想，晚上想，日日夜夜都在想，才知道這種感覺應該就叫孤獨，或者寂寞……

每個被送進來的男孩，都處在青春最躁動的階段，就算被關在少輔院也不能安分，私底下拉幫結派的情況還是很多，那些落單的人就經常倒大楣。買子說，裡面的少年世界其實很黑暗，沒體會過的不能想像。他認識的那個人，對他非常好，能為買子做的，他都幫他做，那些明文規定不能做的，他也做。那種好，簡直好得讓人匪夷所思，摸不著頭腦，又讓買子神魂震盪。買子因為兄弟得到的巨大失落，又在這位朋友身上通通得到填補，甚至超出太多。

他們這些人，就像被移到操場曝曬的凍豬肉，在陽光下，也是死氣沉沉，爬滿腐蠅。買子說，有時實在太難受了！難受到只能眼睜睜盯著窗外，捱著，憋著那股想大吼大叫想逃跑的勁，憋得滿頭大汗，然後什麼都不能做。繼續捱著。黑漆漆的寢室裡，氤氳的澡堂中，很多人都捱出了「毛病」。三年的時間真長。也真短。在那個單一性別的肉籠子裡，為了發洩，荒唐事多得數不完，買子也徹底跟著暈頭轉向……

我聽得目瞪口呆。

買子那些醉話裡，我印象最深的一句話就是：我不能失去他。

這句差點扎得我耳膜出血。

我是沒跟他說，跟小麗分手後，我其實也跟男的搞過。但圖的就是一份截然不同的快感。這和與女人做愛是兩回事。跟感情無關，純屬消遣。與男人談感情，光是想像都讓我本能地排斥。但買子這他媽玩脫了吧！

那夜買子說得哭出來，我徹底失去耐性，煩得不想再聽下去，酒吧裡越來越多的人對我跟發酒瘋的買子投以異樣眼光，我先去結帳，完了就將趴在桌上的買子往門口拖，一個身穿酒保制服的男人攔住我們，那時我的心情已經爛透，沒什麼好臉色，那個酒保面帶微笑，指著幾乎不省人事的買子說，「我是他同事，請問你是？」

對方可能是擔心我對買子圖謀不軌，當下我臉一黑，伸手打了買子一巴掌，那酒保嚇了一跳，買子被我打到有一瞬間的清醒，那酒保和半醉半清醒的買子再三確認我們的確認識之後，才將我們放行。

買子在路邊抱著電線桿狂吐時，我就坐在機車上抽菸，看他吐得天昏地暗。看他吐得越難受，我就心生一分痛快。說實話，有一刻我打從心底瞧不起他，覺得他軟得不像個男人。為了一點事就要死要活，純屬吃飽了撐著。太閒了。要是他今天為個女人弄成這副倒楣樣，趕上我心情好的時候，還能把他打醒，可一想到買子發神經的對象是個男的，我就連這個力氣都不想白費。

或許就是人各有命。我深呼吸，告訴自己：也許這就是買子的命。注定做一輩子傻子。他彎腰吐得唏哩花啦，好像心肝脾肺腎都要一併嘔出來。他邊吐，一邊狂吼一個名字，路人都在看他，我一直裝作不認識買子，直到他吐清淨了，才把他從地上拉起來，拖回家去。

後來才知道，原來那晚他毫無節制的買醉是有原因的。

因為他那個朋友要結婚了。女方帶著兩個月的肚子要嫁人。

買子開始憤怒無比，那個人卻跪在地上請求買子不要離開他。

他抱著買子的腿，痛哭流涕，說他不願意的，他也不願意的……

我聽著冷笑。原本以為買子變了，學聰明了。是我高估他。這人不過是從這個坑又跳進另個坑裡去。他就他媽沒變過。

好多年之後，當我一個人坐在被程瀚青砸掉的房間裡，看著滿地爆裂的玻璃、碎片，突然就想起當年買子醉酒後的那扎耳朵的一番話。

那些話讓我想程瀚青。但這次隱隱作痛的就不只是耳膜。還有其他地方。

程瀚青臨走前在我家門口發了一通毒誓。那副鬼樣子簡直與二十歲的小麗不謀而合，他轉身那剎那，我有個衝動幾乎想開口留他。可能我後悔了——或者說當我看見他哭的時候，就已經後悔了。

我少有這種感覺。這種感覺讓我很煩躁。

躺在那間滿目瘡痍的房間裡，這麼多年，這間房子像是也有了自己的意識，可能我們有一樣的感情，在程瀚青甩門之後，一下都顯得荒涼起來。

我和程瀚青好了很多年。好到最後，炮友不像炮友，朋友不像朋友。

他在我家裡留下的東西不多。精液最多，憤怒與眼淚最少——但最讓我忘不掉。

二十四

我和程瀚青的關係前後維持了很長時間，久得超出我預期，雖然中間因為他去當兵一度沒了交集，但加起來，也像是見了鬼，竟比我和小麗那段還要久。

頭一、兩年，我跟他也沒什麼可說的，就一炮友，活動範圍不超出我家那幾坪大的房間，我們不問彼此私事，只參與彼此的下半身生活。

這種關係就是貪方便，炮友其實不太適合兩個有交情的人來做，兩個人要是太熟悉，就不太好意思隨隨便便了。想喊停都得想半天。

下了床的程瀚青，基本上是個沒什麼趣味的男人，不知道的還以為他年紀比我大多少。之前跟我好過的那兩個，一個比我大，一個比我小。外表看起來都不是很「男人」的那種人，屬於皮膚比較白皙、渾身沒幾兩肉的類型。我控制慾比較重，床上不愛玩花樣，但喜歡掌控別人，程瀚青是個例外。這個人在很多地方和我以前那些床伴是徹底相反的。記得當年在車行看見他那幾次，那陣子我騎了兩台車去修，最後一次他們通知我去取車那回，程瀚青就穿著件普通的黑色背心，蹲在地上給一台機車換輪胎，他皮膚比較黑，肩膀又寬，亮橘色的工作服綁在腹部，拿著扳手的手臂不粗，卻顯得很有力量，他全神貫注，一張臉繃得緊緊的，滿身的汗瀑布似的往下流，我第一眼就看見他，之前送車來時，我聽見有人叫他阿青。

我站在櫃檯邊看著他，車行的機油味很濃厚，空氣又燥又熱，整間店不只有程瀚青一個男人，看起來他是最年輕的一個，應該吧——其實我也沒怎麼留意其他人。

他那身男人味給我留下一個深刻的印象，我看了好幾眼，同時想起在成功嶺受訓時崩潰的夏季，在高溫的催化下，成天浸泡在同梯千奇百怪的體味裡，那些襪子、鞋子，我們同寢的還有兩個香港腳，每次集體回到寢室，這些味道說是殺人於無形都不過分，但就算是這樣，生理需求都沒有減少半分，甚至憋得更難受……

我注意到程瀚青的膚色，那年我剛退伍，同樣曬得非常黑，程瀚青那一身幾乎跟我不相上下。他跟我從前那些交過的男男女女毫無共通點。程瀚青太男人了。不多話也不愛笑，看上去不是很好接近。修車工要技術要體力，他體格不用懷疑，我也不知道自己為何對這樣一個可以說是強壯的人忽然來電，身體那股躁動十分誠實，也許不過是嘗鮮心態——每個男人大多都會有。

程瀚青曾告訴我他就是個同性戀。那種完全讓人無法從外表聯想到是個同性戀的同性戀。我沒跟這樣的人搞過，得知他是同道中人後——更想跟他做愛。

從前在金山夜衝，我最見不得的就是有車騎在我面前，那時我們就像一頭精力旺盛的鬥牛，前方閃爍的車尾燈就是一塊紅布，隨便甩一下，就能引爆我們橫衝直撞的鬥志。起初程瀚青給我的感覺和那些紅色車燈真像。

他讓我有慾望往前衝。

男人與男人比較直接。

跟程瀚青第一次就在外面開房，在他下班之後，但那時他說肚子餓，我們只好先去吃頓宵夜，飯間，我們沒話說，一是不熟，二是身體特別焦躁（至少我是這樣，不知道他是不是），根本不想講話。上菜後，他埋頭猛吃，看得出來是真餓了，一般男人的吃相大概就是那樣，沒什麼特別好形容的，程瀚青看不出特別拘束或緊張的樣子，後來在桌底下，我們的膝蓋不小心碰到，說來奇怪，就碰了那一下，也說不清是他碰到我，還是我磕到他——那一下就像個開關！

桌面上我們四目相對，才剛吃飽，又在對方的眼睛裡看見彼此饑腸轆轆的倒影。

有時慾望來得沒什麼理由，就那麼碰一下，什麼都不可收拾了。

我們匆匆結帳，摩鐵就在餐廳正對面，過馬路那時，我跟他幾乎是用跑的，連幾分鐘的綠燈都不願等待，衝過了馬路上的車陣，刺耳的喇叭聲尖銳得很，有台計程車將窗搖下來，司機衝我們怒罵：「幹，找死喔！」

我直接朝對方比了個中指，捏著程瀚青手臂衝進摩鐵……

房門一關上，我們撞在一塊親吻，胯下迅速發脹，褲子幾乎要撐破。

我們體格相當，我伸手去扯他，一時竟沒扯動，這種感覺讓我心生一股暴躁與激動，很不習慣，彷彿又回到十幾歲那時，在深夜公路上與人競速的狀態——我不僅要衝過去、更要衝破他。

我比以往任何時候都要更加急躁，撕開保險套，燈光映照在程瀚青赤裸的背脊，他被我壓在下面，半張臉埋在枕頭裡，大口大口地喘氣，好像要窒息，那雙修車的手撐在床頭，手背上爆出了好幾條青筋，老一輩說這是「歹命手」，注定一生勞苦、庸碌……

程瀚青很年輕。有副好身體。這雙手平時拿的是扳手起子，現在這雙手正抓著床頭緣，猛烈顫抖，他脖子非常紅，我忍不住摸上去，摸著摸著，就忍不住掐他——他沒反抗，只咽了一聲，聽起來像是吞了一口口水，我在他身上瘋狂撻伐，瘋狂的感覺鋪天蓋地而來，那時我騎在他身上，覺得程瀚青可能是一匹馬。也可能是一台煞車被剪斷的野狼。

……我們很合拍，就像早已這麼幹過千百次。

我雙手都掐上程瀚青的脖子，直到他的皮膚逐漸紅到泛紫，他反手抓住我的手腕，手勁奇大，把我手骨掐得發痛，彷彿也嘗到那種窒息感。

最後射精時，我甚至覺得自己有點精神恍惚，情不自禁地就親他、親他……

程瀚青全身是汗，我也是，他的右手正插在床墊與胯間的位置，在抽動，我笑得很凶，直接把他身體翻過來，替他口交……我幹這種事只看心情，一般來說不多，但那晚一切就是情不自禁、水到渠成。

事後，程瀚青低問我有沒有菸，聲音都啞了。

我心情很好，於是爬下床摸出了自己的菸盒，抽出兩支菸含在嘴裡，一起點燃，躺回床上，一支塞進程瀚青嘴裡。

我斜瞟他一眼，實在忍不住，說：「你不錯啊……真的。」

他像是笑了下，又像沒有，我們並肩躺著，各自吞雲吐霧，又瞇了短暫一覺。

休息滿四個小時後，我們穿回衣褲，在摩鐵門口各自分別前，已走出幾步的程瀚青又突然回頭，問我：「下次還能找你嗎？」

說得我像是牛郎。我轉頭，他穿著一身牛仔夾克、牛仔褲站在夜色中，程瀚青的眉宇之間經常是鎖著的，不知道他自己知不知道，這讓他看起來有點超齡，可那晚他似乎有點鬆動，臉還是那張沉默的臉，感覺卻有點不一樣……

這傢伙其實長得還可以。

我吐出一口煙圈，忍不住就把逗妞的那套搬出來逗他。

「你找我，我就方便啊。」

他笑了，眼角綳出幾條細紋，還挺好看。

我好像是第一次見他笑，看了會兒，才朝程瀚青抬了抬下巴，比了個電話的手勢，說：

「走啦，再連絡。」

我們各自朝反方向離去，從此一睡好多年。

很久之後，買子才知道我身邊有程瀚青這麼個人，驚愣很久，才反應過來我原來跟他一樣。

「你、你喜歡男人啊？」他好像受了不小刺激。

我沒答，根本懶得理他。

買子手裡捏著幾顆花生，桌上全是花生殼，乾笑一陣，不知想些什麼，也不再說話。

二十五

程瀚青曾問過我為什麼會去混黑社會。

我回想了下過去，就這麼告訴他：「我什麼都不會，不混還能幹嘛？」

那時我們稍微熟了點，上床後，也會閒聊幾句，在一個比較偶然的情況下，我向他坦白自己以前是幹什麼的，程瀚青知道之後沒什麼特殊反應，好像也不覺得這有什麼，不知道為什麼，我被這反應弄得很舒服，自己也不解，就是忽然湧起想多說點什麼的念頭。

我對他講起從前那段帶著瘋狂色彩的生活。

程瀚青感覺有點興趣，認真聽著我描繪那段虛實參半的街頭生活，真要說——我是掐著分寸說的。說別人的事多，說自己的事少。說起來還是廢話比較多。以前那年代，很多出來混的都有刺青，算是種風氣，也很少人會用真名，外面那些叫得叮噹響的大哥級人物，名字也都是些接地氣的綽號，好像明星取藝名那樣，都是個人特色，有些人身上有些顯眼的特徵，例如紋身或傷痕，這就算是第二張身分證了。真正做到大哥大級的那些人物，行事作風有時還會裝起文雅，講究什麼兵不血刃，名字亮出去，誰都要賣他三分面子，這才叫真正的走路帶風。很多後生仔有樣學樣，把自己弄得不倫不類，各種奇形怪狀的稱呼越來越多，染頭髮，穿耳洞，紋一身龍鳳，還沒混出個屁名頭，就先把自己弄得妖氣沖天，到處招搖，特別欠修理，好像生怕別人不知道他們是黑社會一樣……

我跟程瀚青分享不少以前聽過的江湖混號，還有幾個大哥的傳奇故事，程瀚青平時少有表情，但那個下午，顯然心情很好，一雙眼睛都是笑。

他問我以前有什麼綽號，我伸手把地上的菸灰缸拖到手邊，我故意賣關子，說：「想知道啊？」

程瀚青彈了彈菸灰，嗯了聲。

我以前的確有個綽號，原本只是軍哥一個無心的玩笑，沒想到後面被其他人叫開了，有一次我大哥請手下一大群弟兄去洗三溫暖，就聽見羅軍在大眾池喊我，他聽了大笑，當場就虧羅軍說：「阿東這個『花名』取得好啊！名副其實！以後去店裡幫忙，那邊美女不缺，就缺個鎮店帥哥！」……

好像都是昨天才發生的事。

程瀚青難得有這種迫不及待，說：「到底叫什麼？」

我忽然玩心一起，指著自己的臉說：「這叫什麼？」

程瀚青一副我在耍他的表情，我笑，「我大哥那時走哪都叫我靚仔，後來好多人跟著起鬨，就是看心情的，有人叫我靚仔、有人叫靚東，叫開了，唯一還會連名帶姓叫我的人只剩下仇家了。」

「聽起來像古惑仔。」他說。

「靚東……」

程瀚青忽然叫了聲，我轉頭看他，程瀚青那眼神，也不知是不是我想歪，總覺得有些血脈賁張。

我故意將一口煙噴在他臉上。

他又那樣叫我一次。這次比較模糊。

同樣兩個音節，從程瀚青嘴裡叫出來有種奇怪的感覺，可能因為喊的人不一樣，他這人平時看起來很正經，很嚴肅，忽然這麼叫我，感覺好像在跟我調情……

當年羅軍是我大哥手下最凶的武將。我們底下都覺得他是「二哥」。他跟我大哥幾乎平起平坐，說話很有分量，外面都在傳，我大哥能有今天，羅軍功不可沒。連我大哥自己都不否認。

他們以前那個時代是靠拳頭打天下，聽說年輕時，羅軍真的就是赤手空拳幫我大哥一個賣魚的從南部打到台北，雖然現在他最多是個老二，但他的傳奇色彩更濃，江湖上一提到他，最多的傳言就是這個人很能打。出名的能打。

十八歲那年我跟在羅軍手下學做事，只是個沒沒無聞的小地痞，反正大哥讓我幹嘛就幹嘛。我搞過很多事。不只是收錢。像我們這種小弟，說白就是個打雜的，哪裡缺人，就得補上去幫忙。圍事跑腿作打手，還得給大哥情婦當司機，就算大哥叫你跪下吃屎，也非吃不可。

我大哥跟風轉型後，酒店一間接一間地開，事業越做越大，整顆心只記掛著撈錢，不再像以前動不動喊打喊殺，其中好像還牽扯到一些政治的事，複雜得很，反正我也不太清楚，只是正好趕上了那段好時候。

其實我們底下這些小弟哪會有什麼感覺，但我大哥棄武從商，受打擊最大的應該是軍哥。好多人趁機酸羅軍這下是英雄無用武之地了，至於他本人做何感想，誰也不知道。

我大哥對於賺錢這件事，比做黑社會還要熱衷。

有一次我曾當場聽他在茶桌上發飆：「幹嘛？黑社會不用吃飯啊？恁爸以前混是因為小學沒畢業，不混就被人按著頭吃屎，現在繼續混，當然是為了賺錢啊——」

當時旁邊羅軍什麼反應我沒注意，只覺得我大哥說得還挺有道理。

日子起起伏伏，後來羅軍開玩笑叫我靚東，也算無意間給我開啟一條生路。去當兵之前，我大哥開口對我講退伍後讓我去銀坊上班，在此之前，我一直是有一天過一天，關於未來，我從沒想過那麼多。

我也不知道自己到底會什麼，那時回憶起來，大部分是打打殺殺，也不知道什麼時候就橫死街頭，可當時我完全沒有恐懼感，仗著一股血性，好像真的天不怕地不怕，即使有小麗這麼正點的馬子，出門也沒什麼牽掛，常常上一刻還跟她床上溫存，下一刻接到電話，就套上褲子提著傢伙跑出去。

羅軍說過，這種日子叫有今天沒明天，我們的現在就像他們的以前，都是這麼賭過來的。

二十六

當年我大哥北上漸漸混出個人樣來，可看在那些土生土長的台北角頭和外省掛眼底，他依然就是個「下港人」。那些台北角頭們很矛盾，他們瞧不起我大哥，又眼紅他如日中天的生意，我大哥想在台北賺錢，就像狠狠踩到這些老虎的尾巴，那幫老不死的千方百計想讓我大哥拜碼頭，想賺錢可以，他們也要分一杯羹。

那應該是最難的一年。

那幫台北掛的態度強硬，我大哥是為了錢連命都不要，竟然比他們更硬。敬酒不吃罰酒一個不接，我大哥當時算是整個人扎進了錢坑裡，一個二十六個字母都認不全的男人，居然還知道 Money 怎麼拼——錢啊，錢就是他親爹媽！

七、八〇年代是台灣黃金年代。以前我聽人講，看一個國家經濟好不好，就看他們的八大行業旺不旺，那時候台北遍地全是錢。錢發瘋了。人也跟著瘋狂了。大家到處搶錢，一票豺狼虎豹，為了錢什麼事都幹得出來。

拜碼頭這件事最終徹底破裂，我還記得當時在萬華堂口的情景，一張桌子，上頭擺了七八個茶杯，我大哥是個很奇怪的人，外表看起來沒什麼骨氣，但膽子極大，在別人的地盤上，還敢摔別人的杯子，指著對方單槍匹馬地罵：「幹恁娘，恁爸就是下港來的啦——」

這句話後來在江湖上流傳很多年。很多人把我大哥當神經病，也有人覺得膽魄好。一點表面工夫都不願意做，直接撕破臉，預告日後全武行相見。你死我活，大家各憑本事。我大哥也不知道哪裡來的自信，酒店照開。當年第一間店就在林森北路開幕，當晚就有一批年輕人來砸場子，羅軍是早有準備，帶著一群小弟在下面守著，那年我已經退伍，自然也在其中。其實我對這種行為很不解，心想就算今天打贏又如何，別人天天上門來鬧，誰他媽敢上門喝酒啊？

很多人都說我大哥腦子灌了水泥，都在等著看好戲。那是水深火熱的幾個月。我一輩子打過最多、最慘烈的架全都聚集在那幾個月。都不知道自己是怎麼撐過來的。

那時我有個跟我混得非常熟的好兄弟，叫阿磊。我們每天守在酒店，連回家的時間都沒有，吃飯睡覺上廁所，就在我大哥的酒店跟迪斯可裡，道上風聲傳得很厲害，我們大約都做好壯烈犧牲的心理準備，但實際上情況並不如預期嚴重，卻也不是很輕鬆。那兩個月確實三不五時就有人上門來找麻煩，花招百出。我大哥不出面，只有羅軍和我們一塊窩在店裡，並且對自己人再三耳提面命：絕不能搞出人命。

羅軍自己一個殺過人的對底下小弟講這種話其實很不合理，拳腳刀劍又不長眼，真正出事的時候，自保都是本能，哪裡控制得了？

我隱隱覺得不太對勁，但又想不出哪裡有問題，羅軍叮囑我們別搞出大事。他跟大哥似乎有別的計畫，如今這種結果，橫看豎看我大哥都撈不到便宜，他這幾年生意做很大，性格越來越像個利字當頭的商人，損人不利己的事實在不像他能幹的事，不只我，當時幾個小弟其實都察覺到異樣，但也沒人敢做出頭鳥，社會是很殘酷的，何況是黑社會！天生小嘍囉的命，說的大概就是我們這種人，爛命一條，哪天橫死大街，都沒人在乎。

阿磊是個舞霸。

以前我們混迪斯可，他四肢協調性非常好，總在舞池中央貼著最辣的妞熱舞，媽的，屁股像是裝了個馬達似的，甩得比女人還騷。他十八歲生日的時候，我們在西門町「麗宮」給他慶生，玩 high 了，在場的男男女女搞得渾身都是白奶油，後來我們還給他唱生日快樂歌……

那晚阿磊站在舞台上，拿著麥，說：「東仔，十年後我們再回來這裡，二十八歲的時候，再給我唱生日快樂！」

「祝你生日快樂，祝你生日快樂——」
「祝你生日快樂，祝你生日快樂——」

——我答應了，可阿磊最終沒能真正等到二十八。

那個晚上有群人帶了傢伙上門。因為羅軍交代過不准鬧出人命，我們身邊幾乎都沒有什麼稱手的武器，領頭踢館的黃毛之前就來過一次，當時被赤手空拳的阿磊打成豬頭，臉上的瘀青都還沒消，這回他帶了二十多個人，人人手上都抄著鐵棍和球棒，黃毛自己手上還拿著刀。

我們臉色全變了，下意識就要跟著抄傢伙，可是手邊一時能抓到的不是菸灰缸就是杯子，兩方就打了起來。

……玻璃櫃全被砸碎，所有人都打紅了眼，我衝到酒櫃前抽出兩支洋酒，直接往眼前那個持球棒的年輕人鼻梁上摜，瓶子碎了，對方像攤爛泥倒在地上，叫得極度淒慘。

「幹！」

店內一片混亂，我搶過地上的球棒，見人就打。

打到一半就聽見阿磊大叫一聲，我回過頭，見遠處好幾個人圍著阿磊一個打，其中一個男的不知從哪拉出一條鐵鍊，勒住阿磊的脖子，阿磊的脖子突然被大力地向後一扯，忽然折出一個詭異的角度，我親眼目睹這一幕，眼都紅了，衝過去的時候已經來不及——

另一個王八蛋又往阿磊頭上敲了一棍，那血濺在我臉上，我踹開那個人，急著去拉阿磊，突然脖子一緊，我被那條鐵鍊勒得眼前一黑，不知道誰在後面大喊了聲我的名字，很快，我脖子鬆開了，我眼冒金星，倒在阿磊身邊……

阿磊倒在地上劇烈抽搐，口鼻冒出大量鮮血，原本還不時叫幾聲，後來連聲音都沒了……

我不停叫他的名字，他沒有回應，好幾次想碰碰他，但不知道怎麼下手，阿磊不再動了，我大吼一聲，徹底失去理智，朝那個被壓住的鐵鍊男衝過去。

窗外警笛的聲音隱約傳來，羅軍那時已經制住那個持刀的黃毛，朝我大罵：「東仔，回來！」我什麼都聽不見，那個鐵鍊男被兩個兄弟壓制在地上的時候還在掙扎，他們見我衝來，一下都呆住，下意識就往旁邊讓，羅軍則在一邊大罵：「攔住他！攔住他！」

我的臉上還有阿磊的血。

我用膝蓋狠狠磕在他的胸口，死掐住他的脖子，那個男的叫都叫不出來，布滿血絲的雙眼直瞪著我，一對眼珠子彷彿下一秒就要爆出眼眶，他雙手被老黑按在地上，在地上刮出好幾道痕跡，旁邊的人想把我扯開，我伏下身，死死瞪著鐵鍊男猙獰泛青的臉色，空出一隻手，拍開老黑壓住他的手掌，我抓緊鐵鍊男一排手指，老黑回過神，立刻用腳踩住他的手背。

我在鐵鍊男的耳邊說：「躺在那邊那個，你給我記住，那是我兄弟，他叫阿磊——」

「你最好給我記住。」

我用力向上一掰，那鐵鍊男身體大力一彈，老黑差點沒壓住他……

整間酒店凌亂不堪，警察衝進店裡的時候，我已經被羅軍扯開。

那年阿磊被送進醫院急救。

沒死。但從此不能動。

他的大腦與脊椎受到傷害，癱在床上昏迷了好幾年，成了植物人。

他沒能堅持到二十八歲。麗宮也沒能熬到第十年。沒人能想到當年紅極一時的迪斯可會沒落得那樣快，五光十色雷射光，霓虹舞池，那些店一間一間地關，好像就隨著阿磊倒下那一年，一併在我的印象中迅速凋零。

我常去醫院看阿磊。

他不能動也不能說話，我坐在他的病床邊，基本也無事可做，他渾身插滿管子，臉頰已經非常消瘦，病房是按日計費的，有時我看著他，覺得阿磊的人生價值，到最後好像也只剩下那一沓貴得嚇人的醫療帳單。

有時我也會跟他說說話，有時一句話也不說，反正阿磊都不會給我任何回應。我糊塗了。看著阿磊身上的胃管、尿管，一下覺得很難接受，操他媽就不明白這一切到底為的是什麼，值得嗎？

我很想問問阿磊後不後悔——我還真的問過，可是他再也不能回答。

二十七

一九九四年十二月二十八日是阿磊走的那一天——
在床上躺了四年，呼吸終止在二十五歲。

這些年他的醫療費大半是我大哥在負責，阿磊有個親大姊，有時會去醫院探望，我們遇過幾次，除她以外，我從沒見過阿磊家裡的其他長輩。

大概是因為我是最常去看阿磊的朋友，那天早上是阿磊大姊給我打的電話。她在電話裡告訴我，他們已經同意拔管，如果今天方便就去醫院送阿磊最後一程。

我中午趕到榮總醫院，病房外，我看到兩個人，一個是阿磊大姊，另一位是個老太太。那是我第一次見到阿磊家的奶奶。大姊先看見我，她低聲跟手邊攙扶的老人說了些話，兩個人就轉身走出來，我往旁邊讓路，老太太經過我身邊時還抬頭看了我一眼。

那張臉滿滿的皺摺，皮一層一層往下垮，兩邊的法令紋深得好像刀刻上去的一樣，尤其是那雙眼珠子，混濁泛黃得叫人害怕，我已經忘了上次被長輩這樣死死盯著看是什麼情況了，心臟一下提到嗓子眼，說不出話，那種感覺並不好受，因為在這麼近的距離內，我從阿磊奶奶的眼中讀到清清楚楚的怨恨……

老人家定定看了我一會兒，就被阿磊的大姊扶著走了，一句話都沒跟我說。

擦身而過時，大姊低聲對我說，「進去跟他說說話吧。」

她聲音輕，好像哭了，又像沒有。

阿磊住的是普通四人房，每個病患之間的距離用一片又一片的淡橘色簾幕隔開，沒多少隱私可言。

我坐在病床邊的椅子上，有那麼幾分鐘，腦子空空如也。

床上的阿磊雙目仍舊緊閉，臉頰陷得很深，以前健康的身體現在瘦得不成樣子，比餓死鬼也沒好到哪裡去。

我忽然想起以前他在舞廳大秀舞技的樣子，直到那天，我都還記得很清楚。阿磊是否能夠甦醒，從他第一次手術過後就已經是個謎。阿磊傷到頭，那時我也擔心會不會哪天他醒來之後變成一個白癡，我問過醫生，那個醫生每次都告訴我一句話：不排除有這個可能。

……我試圖想像不能自理、口水橫流的阿磊，光是想一下，都覺得難堪又不忍。

四年等待無疑是煎熬的。尤其是當你無法確定自己這個等待的結果是大好還是大壞。

現在大家都要解脫了，因為阿磊的家人替阿磊選了結局。

我曾無數次想像過這一天的到來。也好奇問過醫生，像阿磊這麼躺著，他到底還有沒有知覺？——我真正想問的只是他聽不聽得見我們說話。

這個醫生說話實在很雞巴，其實我想揍他很久了。

他說：理論上是有的。

理論上——阿磊只是動不了而已。

病床邊，我拿出剛剛在樓下買的菸，捏著盒子抖出一根，咬進嘴裡才想起醫院禁菸，只好又把菸抽出來，放在手指間搓揉。

我坐了很久，其實想不出還能對阿磊說些什麼，那感覺很複雜，這對阿磊來說應該算是一種解脫，可又難免覺得殘忍、不捨……

後來那根菸被我塞到阿磊手中，我站起來，雙手蓋在他臉上，湊近他，「好兄弟——」

冷冰冰的呼吸器，四面白牆，阿磊依然無動於衷。

這四年來一直都是這樣，可那下子，我的眼睛還是燒了起來。

「下輩子見。」

我低下頭在阿磊的額頭上重重輾了一下。

我以為我不會哭。

——**那天是一九九四年十二月二十八號**。在那間病房裡，我總共待不過二十分鐘，而我沒想到的是，就在十幾個小時過後，我會再度與失聯近三年的程瀚青在林森北路重逢。

離開醫院後，我回家倒頭就睡，睡得很沉，晚上上班差點遲到。

白天阿磊的事，多多少少影響到我情緒，那晚我喝了個大醉，對於後來發生的事，幾乎一片空白。也不知道 Peter 講的是不是真的，我不記得自己為什麼會在酒醉後找程瀚青的號碼，也不記得怎麼會在樓下和那群人打起來……有些片段都是後來聽其他人轉述，才隱隱有點印象。

那天發生很多事——不對，嚴格來說，也不能算同一天，因為碰到程瀚青時已經過了午夜零點，都是十二月二十九號了。

他去當兵後，我跟他就沒見過，頭半年想起他的頻率比較高，因為那時工作閒，直到後來我大哥第三間酒店開幕，我才算是真正一頭扎進工作裡，也算升了級，不再是以前那種到處給人圍事的小流氓。生活開始穩定起來，休假時，我就去榮總看阿磊，性生活照樣有伴，想起程瀚青的次數就更加少。

我跟他可能真有那麼點天注定的意思吧，否則我想不到可以怎麼解釋了，每次當程瀚青這個人就要慢慢從生活中淡掉，就必然會發生點什麼意外，將我們重新拉到一塊。

在銀坊樓下打過那場架之後，我們又火速地好了，待在一起的時間比以前多，交情比以前更好。

有天晚上我在家看電視，看著看著，忽然想起以前跟買子他們成天泡在溜冰場的日子。有時人衝動起來根本都沒有原因解釋，我喝了半罐啤酒，都沒能冷靜下來。我想起以前的買子。想到阿磊。少年時我們成天四處野，跑到西門町，扛著一台收音機放在溜冰場邊，聲音調到最大，整個溜冰場都是我們的地盤，我們在裡面打鬧，狂歡，對經過的女學生亂吹口哨……

那間溜冰場現在還在。只是有些人沒了，有些人還在。

我忽然有點衝動想幹點什麼。

我打給程瀚青，約了他到世紀球館樓上的溜冰場。那是禮拜六，我記得它營業到晚間十一點，我們到西門町的時候只剩下最後五十分鐘。

踏進溜冰場後，我就一直處在亢奮躁動的狀態。

直到換溜冰鞋時，我才想起要問程瀚青會不會溜冰，他有點奇怪地看了我一眼，說：「廢話啊。」

我哈哈大笑，這個時間溜冰場相當空曠，說話大聲點，就有回音，在這人煙稀少近午夜的時間，我一下覺得自己回到了十五歲，那種熱血沸騰的歲月。

「唰——」

空曠的場地回音很大，我和程瀚青一左一右奔溜出去，我貪速度，無論騎車還是溜冰，能快我就快。溜冰最有趣就是繞圈的時候，那時候整個世界都是不真實的，視野糊成一片，好像掉進漩渦裡，我開始大叫，覺得痛快，只有在這個時候才能感覺地球似真的在旋轉。程瀚青跟我反方向地溜，我們不時迎面擦肩而過，他的頭髮比我要長一點，不時會被空氣颳得飛起來。不知什麼時候開始，我們的視線沾在一起，我盯著他移動，他也盯著我移動，我們不看前面，只看對方，這空氣裡可能有膠水，把我跟他黏著了，我們不停拉遠又拉近，恍惚間，我似回到過去，聽見當年場邊收音機裡狂野的歌聲，阿磊扭著腰，高聲唱著《三分鐘放縱》，還有那個被我們調戲到滿臉通紅的工讀生蘋果妹……

我們越離越近，後來面對面撞在一起。

我們摔在地上，程瀚青做了我的墊背，在晚班櫃檯的驚呼聲中，我們直接在地上熱吻起來……

那個女櫃檯幾乎要被我們嚇死，大約以為碰上變態，看著都要去報警了，程瀚青握住我的手爬起來，對我說快跑——

被程瀚青拉起來。被他拉著換鞋、又被他拉著逃出溜冰場。

我們一路奔逃，在西門町紛亂的夜色中狂奔。

這情節其實有點熟悉，在林森北路打架的那晚，我唯一僅有的印象，也是程瀚青拉著我一路跑……

我們衝進一條停滿機車的暗巷，蹲在路燈照射不到的角落裡。

喘過氣後，我拍他胸口一下，勾住他，問他爽不爽？

程瀚青笑：「有病。」

溜冰場內那股瘋狂勁的餘韻猶在，有時候，我能隱隱感覺到我和程瀚青之間多了點以前沒有的東西，我直直盯著他看，嘴動了下，他轉頭看我，我一下頓住，自己也搞不清那瞬間究竟想對程瀚青說些什麼。

二十八

程瀚青那雙手只要拿起扳手，感覺任何事都能被他搞定，這麼說可能很奇怪，但我覺得這讓他看起來特別性感，連修車時那種髒兮兮的樣子，都特別的……hot。

認識他之後，我再沒有機會花錢修車。

我也沒想占他便宜，但架不住他自己會順手地替我看車。他工作不輕鬆，沒有一天不把自己搞得汗流浹背，其實兩個人之間偶爾幫點小忙也沒什麼，在我們還沒什麼交情的時候，我不會有什麼感覺，可相處越久，看他為我做的越多，我也不再像以前那麼無動於衷……

我那輛車就停在樓下。程瀚青每次上樓之前，都會順手摸一摸我的引擎蓋，或者蹲在地上瞄一眼車底，那時以為他是職業病，覺得有些好笑，直到有一回他上來，一進門就問我有沒有礦泉水，我指了冰箱的方向，他進了廚房，出來時手上不只拿了瓶水，還有鉗子。

他說：「車鑰匙給我。」

我把鑰匙扔給他，他說我的車底在滴水，可能是水箱漏了。

出門前他突然又回頭，一臉像是「憋了很久但今天終於忍不住」的表情對我講：「早叫你別買那輛二手車，那個價錢根本不划算，車還破，還不如再存兩年買新車。」

後來我站陽台上看程瀚青在樓下搞我那輛破車，那是正中午，太陽底下，程瀚青打開引擎蓋，單手撐在邊緣，引擎蓋幾乎擋住他整個人，只看得見他一邊肩膀，也看不見他到底在幹嘛。

那天還挺熱，他一下趴在柏油地上看車底，一下又走到引擎蓋前，伸手摸來摸去，期間又上來裝了兩次水，樓梯爬上爬下的，也不帶一句抱怨。我想起以前在車行看見他的樣子，那時程瀚青也差不多是這樣，很沉默，很認真，面無表情……

我拿著菸灰缸在陽台抽菸，他在樓下待了多久，我就看他多久。

他上樓後又說了些我聽不懂的東西，什麼橡皮墊老化還是什麼的，結論就是他自己就能搞定，他回去店裡拿點小零件，再來給我弄。後來他沖了個澡，赤裸裸地倒在我床上，那個下午我們無所事事，電影台正在重播以前的港片，我一時興起，問他：「你這麼能搞，怎麼沒想過自己改一輛重機來玩玩？」

程瀚青搖頭，說：「自己改比買的還貴。」

「貴很多啊？」

程瀚青很少有叨個不停的時候，通常他開始話多，也只會與車有關，他說就算是行家不一定就改得便宜，有時越專業反而越講究，養車都是燒錢的，一個機胎五六千起跳，光一根蠍子管就很能宰死人，外行一般不會分，其實……

我很少聽程瀚青主動說這麼多話，每次說到車，就有點沒完沒了的架式。原先我還算認真地聽他解釋那些專業知識與行話，以及他們那行一些宰肥羊的手法……後面我就開始走神，不知道自己聽進去多少。

我們那個年代，受劉德華影響，年輕時大多都有過一個重機夢。《天若有情》紅遍大街小巷的時候，我也曾有過那種幻想，有天能騎著愛車，載著自己的女人，在無邊無際的公路上不顧一切的奔馳，不知道有多帥。

我隨口對程瀚青說：「不如哪天我們改輛來玩玩。」

「一騎出去就會被警察盯上，最多只能改改外觀，改馬力犯法的。」他說。

我嗤了聲：「我他媽罩子被開的還少啊！」

「你真想玩就去買輛新的。」

我笑了會兒，說：「還是算了……都過了那年紀——現在也就嘴炮嘴炮，過過乾癮。」

結果他問我：「你以前想要什麼樣的車？」

「當然是越拉風越好啊！你看過《大逃亡》吧——就要紅的，大紅的那種。」我笑。

程瀚青笑說：「你晚上騎出去試試，肯定撐不過一晚上就被砸了。」

我罵：「誰他媽敢砸，我把他家玻璃全砸了。」

他說：「左右邊是不是要再加兩個皮箱？」

「對啊——安全帽還要加個風鏡！」

「哪天你要是出事了，我改一輛最快的讓你跑。」程瀚青說。

我罵了聲靠，一手卡在他脖子上，說：「你今天話怎麼那麼多？」

我們的下體貼得很緊，程瀚青的笑聲很低沉。後來我壓著他開始摩擦起來，他的手從我的背上往下滑，不輕不重的力道掐起來，什麼也沒說，只盯著我看，眼裡卻有明顯的迫切。

我低下頭含住他的耳垂，吹了口氣，說：「想搞我啊？」

程瀚青兩手都掐上來，十根手指像要從皮肉直接陷進我的骨頭裡，勁很大，讓我忍不住罵了髒話。

一股勁夾雜著邪火騰衝出來，我跟他槓上了，就想逼著他說出來。

壓著他的褲襠晃了晃，我挑釁地說：「講啊。」

過了會兒，他把手放開了。

「幹嘛？」我有些訝異。

只聽程瀚青有些不耐煩地說：「你來吧。」

我一頓，慢慢直起背脊，一手撐在床頭牆上，笑他：「這麼快就放棄啦？」

程瀚青早就勃起了，我也是。

「該放棄的時候就要放棄，要不就成強姦了。」

程瀚青今天說話有點帶刺，我覺得莫名其妙，就開個玩笑何必呢？

「你以為你姦得了我啊？」我冷笑，從他身上翻下來，氣氛一下變得糟糕，我們並排躺著，下面都還是脹的，躺了一會兒，我又忽然覺得自己像個蠢蛋！

這他媽的是在折磨他，還是折磨我自己啊？

我想主動開口，卻一下想不到什麼話可說，程瀚青一個貨真價實的大男人，以前那些拿來哄女人的好聽話通通派不上用場。

我也不知道自己怎麼了，偏偏在嘴硬這事跟程瀚青槓上，非要說他幾句不可：「喂，你什麼都不說，誰有義務照顧你想什麼？我告訴你程瀚青，你這麼嘴硬對自己沒好處，你要向我看齊點。」

我不知道他有沒有聽進去，也許說這些話他聽著只會更火，我自己也有點煩，其實我不想跟他吵架。

忽然間一個荒謬的念頭閃過腦海：程瀚青怎麼就不是個女人呢？

尷尬了會兒，才聽程瀚青說：「那我想上你，你給我上嗎？」

我氣到笑，拍了下他的褲襠，忍不住說：「媽的，我沒讓你來過啊？老子欠你啊？」

程瀚青好像沒聽到，繼續問：「讓不讓？」

不知道為什麼，那天我和程瀚青都不太正常，我一把將菸甩到菸灰缸裡，重重躺在床上，嗆他：「行行，你來，來啊！」

我面牆站著，程瀚青從背後貼上來，抱住我的腰，直接就來了。

我一條手臂橫在牆上，臉埋在手臂裡喘氣，另一手在下面給自己打手槍，程瀚青算得上溫柔了，跟我每次大開大幹的路數不同。

他將臉貼在我的肩膀，喘得用力，我們倆都在抖，我大力搓著自己快軟下去的老二，覺得有點快感了，就嗆他：「媽的，再來點勁——」

程瀚青把手繞到前面，撥開我的手替我服務起來。

同樣都是手，自己來和別人來感覺當然不一樣，我滿身大汗，體內有一半海水一半火焰，很爽——我不知道怎麼說。

程瀚青的手在我的身上亂摸，我也在摸他，摸他的手，他的背，他的腿……

他難得有狂野一面，我掐住他的肌肉，程瀚青忽然講了句下流話，這句話莫名讓我亢奮起來，我勾過他的脖子與他熱吻，邊說：「騎啊——他媽讓你騎——」

男人在床上的話十有八九不能當真，我就是純屬失心瘋回了這麼一句，程瀚青也笑得開懷。

後來的日子，程瀚青很少對我開口要求這個。也不是完全沒有，就是少，偶爾那幾次還是我主動的。

這種感覺很神奇，我很少為別人想太多，現在卻有點不想委屈他。程瀚青好手好腳，不像女人，不需要我照顧，也不用我為他做這做那。我發現我能給他的東西其實很少。好像除了性以外，我就不曾給過他什麼好東西。

我發現自己越來越希望他跟我在一起的時候也是痛快盡興的。我想讓他爽。

有一次做完後，我問他學修車難不難。

他說很難。

「但你還不是學會了。」我說。

他沒說什麼。

「其實有時候我很羨慕你，至少有一技在身，走哪都不怕餓死。」

不像我，從年輕混到現在，真就是一路在混，熟悉的全是旁門左道。作了經理，講起來好聽，懂的正經事其實數不出幾樣。程瀚青雖然到現在還在騎機車，我就算買了車，也不覺得自己比他有出息。

憑良心講，他是個好男人了。

工作穩定，性情安穩，將來應該會是個好丈夫、好父親，他的家庭會普通而美滿。我跟他沒有半點相像的地方。他不像買子。也不像阿磊。跟我們這種人徹底不同。有時我想，就算他是個女人又怎麼樣，我們也未必能在一起一輩子。

我明白自己靠不住，下半身管不牢不說，哪個女人跟我，都沒什麼前途可言。

我發現自己越來越常去假設一些無聊的問題。

例如我會想：如果程瀚青是女人，也許我們就會怎樣怎樣、怎樣怎樣……

如果程瀚青是女人，也許我們就能走得更久一點。

如果程瀚青真是個女人，也許我真的會娶他。

可現實如此，很多我能對女人做的、能說的，通通不適合對他說，對他做。

我們在一起做過許多事。一起看過電影、釣過蝦、飆過車、出過國、睡過無數次……我們像是兄弟。好朋友。有時也像對平凡夫妻。

但我覺得自己不是同性戀。

女人於我仍有吸引力，至於程瀚青，我就是覺得這人挺好——覺得他好，那種感覺多過於覺得自己喜歡或愛他吧。兩個男人說這些很荒唐，我懶得在他身上想太多，世界上好多事情，太過認真反而就無法繼續下去，我一直覺得現在已經很好，直到那天我又做錯了一件事——

我不覺得跟女人睡是什麼十惡不赦的事，可那天程瀚青激烈的反應忽然讓我明白，我真的傷了他。

我沒什麼好解釋的，他把我房間給砸了，後面我跟他打起來，打得很凶，打紅了眼，我一肚子火，其實是不想承認自己後悔了——我不想承認。

大門就在那兒。

這場景似曾相識，沒想到我跟程瀚青也是這樣結束。和當年小麗分手的畫面很像，又很不一樣。

程瀚青哭了。我忘不了他在我家大門前猛捶自己的胸口，對我說要是他再回頭，他就不得好死。

當時我的雙手在口袋裡捏得很緊，只覺得程瀚青真他媽傻到家了，咒自己幹嘛，應該咒我才對。

二十九

程瀚青在我家留下的東西不多，都是些零散的日用品，枕頭、幾條四角褲，沒有非帶走不可的必要性。不像小麗，當年的衣服鞋子都是一箱一箱的。

我想程瀚青不會再特地回來把它們拿走。

當初與小麗分手，不到一天的時間就將家裡恢復原狀，但程瀚青一個修車的破壞力是女人沒法比的，他要狠多了，把我房間弄成了戰場，幾乎沒有下腳的地方，我突然感到一陣厭倦，只想兩眼一閉，不去管這些，更想乾脆地一走了之。

後來我打給買子，傍晚時分，他來了，被一房間的慘況給震住，忙問：「操，你家遭小偷啦？沒事吧？」

我用拖鞋撥開地上的玻璃，走到床邊，脱鞋，倒回床上。

買子靠在門邊，也不進來：「怎麼回事？出什麼事了？」

我不想解釋，只點了根菸連吸好幾口，說：「幫我個忙吧。」

「你說啊。」

「我晚上還要上班，現在只想睡一覺，你看著幫我收一下，隨便弄弄，該丟就丟了。」

買子皺眉，「我怎麼知道你什麼要留啊，扔錯東西怎麼辦？」

「壞了就不要了，你看著辦吧！垃圾袋在那邊，要不你全丟了都可以，我沒意見。」我把菸擰熄，很不耐煩，買子站在門口不為所動，我壓下心底那股火氣，對他說：「幫我個忙行不行啊，謝了。」

說完，我直接閉上眼，不想再多看一眼。

我其實沒有真的睡著。

很快就聽見買子勞動起來的聲音，他在掃玻璃，拉起地上的落地燈時，燈泡還忽然掉下來，買子嚇得飆了句幹。

後面，買子開始無窮無盡地碎念。

「這什麼東西？大象啊？還挺好看，可惜鼻子斷了。」

「你這些ＣＤ怎麼辦啊？操，糟蹋東西……」

「這鐘不要了吧？全破了，我扔了啊？」

「……奶罩，誰的啊？留著吧？」

「你這雙卡機還要不要？就天線斷了，還能聽。」

他媽的，我以前從沒發現買子原來能這麼囉嗦，閉著眼睛瞎應，雖然叫他看著辦，但他還是堅持要問過我才敢動手。

買子正在檢查那台雙卡機，對著按鈕一陣猛按猛敲，他說，「啊，你這不行了！剛還能轉，現在不動了，這台要兩三千吧？」

他的語氣聽得出可惜，但我沒什麼感覺，就說不要了。

買子虧我錢太多，這不要那不要，全都不要，怎麼不連房子都換了……

就這樣，我躺在床上裝睡，他跟個大媽一樣嘮嘮叨叨替我收拾程瀚青的殘局，一下感歎這個，一下可惜那個，不停問：這個好像還能用，你不要？確定不要？

他說了好多東西。Gameboy、風扇、BB Call、遙控器、還有我在泰國水上市集買的那根木雕和椰子碗……

買子的聲音可能是催眠的，在他的嘮叨聲中我差不多快睡著了，後來不管他說什麼，我都不再理，買子也不再問了。

他開了我的音響，把我每張ＣＤ從塑膠碎片裡搶救出來。草蜢。麥可傑克森。郭富城。齊秦。Beyond。他一一放進音響裡聽一遍。有幾張表面刮損得太厲害，開頭才唱了幾句，後面的音質就直接歪到外太空去。

除了歌聲，房間就剩下買子的動靜，我意識模糊，覺得房間好像只有我自己一個。

買子一邊綁著垃圾袋，一邊唱：「在雨中漫步，藍色街燈漸露，相對望，無聲緊擁抱著，為了找往日，尋溫馨的往日……任雨灑我面，難分水點淚痕……」

跟程瀚青這些年，我沒仔細算過是多少年，很多事我就是記個大概，卻不怎麼在乎細節，就像那座大象木雕，我只記得是我在泰國挑的，自己親手給的錢，早忘了到底是四百泰銖還是五百泰銖。我們去泰國也不是多久以前的事，就是去年。與程瀚青的那些事，以快轉八倍的速度在腦子裡劃過，我不是很願意回想，但控制不住。

「等明年！明年我們去香港，後年去日本，大後年再去美國……你要想再來看人妖，我們以後再來啊……」我還記得這話是我說的。

當年小麗離開，我雖什麼都沒說，卻真心希望她能找到個更好的男人。我真會祝福她。

現在輪到程瀚青，我發現自己做不到。

我先是給他痛，讓這個整天與車子扳手為伍的男人眼眶紅得好似要冒血。

我是真沒想到他會哭。那是第一次，那個哭出來的程瀚青忽然讓我覺得自己對他好像很重要。

我不是毫無感覺，但我一句話都講不出來。

我發現我沒辦法若無其事對他說：程瀚青，算了吧，別當同性戀了，去找個好女人，結婚生個孩子，好好的。

我高鎮東那本感情帳攤開來看，就是一通斑斑劣跡，如今多個程瀚青，也不過是再添兩撇紅叉。

我承認自己是個混蛋，也發現從程瀚青離開那天開始，我是真沒辦法祝福他。

沒為什麼，我就是做不到。

這種感情讓我渾身都在發酸發澀，偶爾還會疼，這後悔來得太遲，大概，要不是因為買子還在旁邊，我可能會哭出來也說不定。

後來聽見買子猶豫地說，「阿東，你是不是……」

他沒把話說完。我隱隱感覺他要說什麼，但我閉著眼睛，裝聽不見。

氣氛沉默，又聽他說：「這個，剛剛看見壓在CD下面的，你自己看著辦吧，我放桌上——我走啦，垃圾我順便拿去丟。」

買子離開前，我對他說了句謝謝。

「謝個屁啊，請客吧你！」說完，他很乾脆走出去，客廳的鐵門被打開，被關上。

買子人走了，卻沒把音響關掉。

程瀚青每次聽見齊秦的歌就會皺眉，我曾問他為什麼，原因讓人啼笑皆非。他說以前他當兵時有個同梯很喜歡王祖賢，晚上熄燈的時候，經常拿著小手電筒對著王祖賢的明星照打手槍，有時還會一邊唱齊秦的歌，射出來精液就抹在照片上，那時程瀚青睡他旁邊，被這人猥瑣了好長一段時間……

程瀚青這人多數時候是個好相處的人。這種好脾氣來自於他對生活的不講究。特別能湊合、得過且過的人。只是他這人也有傳統的一面，有時候非常固執，不知道妥協……

我不管愛落向何處
我只求今生今世共度
天已荒海已枯
心留一片土
連淚水都能灌溉這幸福

……

我不管愛葬身何處

我只求陪你直到末路

月已殘燈已盡

夜黑人模糊

這一生因為愛你才清楚……

買子放桌上讓我看著辦的是一張大頭貼。是我跟程瀚青在泰國拍的那張。他也真厲害，就這麼把它翻了出來，我自己都沒印象把它丟到了哪裡。

我把那張貼紙壓在胸口，我知道和程瀚青早晚有一天會結束，可是以前以為自己不會在意，卻沒想到也會這麼難受。

這讓我覺得很好笑……

——我壓著額頭，一邊想著，眼睛越來越痠。

三十

九六年開始，我大哥跟羅軍又開始在搞工程，聽說這行油水特別多，賺的都是暴利，半數包工程的負責人，十個裡八個都有黑道背景。

八、九〇年代是黑道的轉型潮，兄弟們紛紛開始學作生意人，不是搞投資、就是搞工程，我大哥靠八大行業發家，生意雖然穩定，但後來因為一清的關係，我們的酒店也多少受到影響，不過我大哥跟白道關係好，有時給他偷開後門，比起其他人，情況算是要好不少。

……我一直覺得當年阿磊出事時，警察來的時機有點巧，後來混久了，世面見得多，多少也能想到一些問題所在。我大哥想得遠，早明白要想在台北混下去，他一個外來的「庄腳俗」根本鬥不過在地人，只好反向操作，跑去跟那些白道拉關係。聽說為了這件事，當年他花了很多工夫，主要還是送的紅包多。他這人，要他送錢就跟割他的肉一樣差不多，好在這錢花得值得，這些年他的店一直安然無恙，靠的都是這幫警察。我大哥腦子賊得跟鬼一樣，當年我們這群菜鳥大約就是一包餌，誰知道他們私下到底怎麼協調，他對付不了那些地頭蛇，就讓那群警察來幫忙，也是給他們送「業績」，阿磊出事那天，警察衝進銀坊抓人，那時其中一個就有劉哥，八年後的現在，都升上三組的組長了，在中山區混過幾年的，幾乎沒有人不知道他。

銀坊在轄區之內，每次出事都有劉哥關照，我大哥跟他不知道多好，每次見面親親熱熱的，兩個就跟黑白無常一樣。

我大哥跟羅軍打算回去台中搞工程，台北的生意基本上都下放給每家店的經理主管，我除了負責銀坊外，還代管前兩年羅軍在西門町開的一間酒吧，雖然 Peter 已經從銀坊調到那裡作店長，但羅軍有交代，要是出大事，要我跟 Peter 一起商量處理，Peter 就算心底不爽，也不敢不聽羅軍的話。

開始有人說，我們這批當年沒沒無聞的小混混，終於要熬出頭了。

從老大們口中虧笑的靚東，又成了新一批小弟嘴裡的東哥。

我現在也算有房有車，看起來真的是越來越好，但總感覺欠了點什麼。

有時我會覺得很空虛，每天凌晨下班，不管睡多久，隔天下午醒來都覺得沒勁。

就像Mei姐三不五時掛在嘴邊說的兩字：膩了。

有天晚上，蜜蜜急急忙忙跑來二樓包廂找我，也不管其他客人還在，就慌張地說：「樓下有人砸店！」

一瞬間包廂鴉雀無聲，我心裡其實挺想把蜜蜜吊起來打，但還是轉頭跟那姓劉的說：「我再叫小姐開一瓶威士忌上來，劉哥你盡興，我下去看看。」

那姓劉的自從升官後，就相當威風，喜歡別人給他戴高帽，他先是瞄了眼蜜蜜，又笑問我要不要幫忙？他右手邊摟著葳葳，我給她使了個眼色，說：「劉哥平時這麼忙，難得來放鬆一下，就不要掃興了。」

「妳們好好招呼劉哥。」我敬了那姓劉的一杯，才帶蜜蜜走出包廂。

蜜蜜小跑跟在我身後，我忍不住訓她：「來這麼久了，學不會看場合說話啊？」蜜蜜支支吾吾的，不停道歉，下樓之前，迅速報告了一遍前因後果。

她說一樓二桌來了一組客人，原本都好好的，結果那個領頭作東的有事要先撤，讓其他人留下來繼續喝，領頭的那個男人把Mei姐叫過去，說有事要先離開，說不如就先把上半場的單買了。這桌客人比較眼生，Mei姐一時也沒注意到有什麼不對，就真的把那張九千八的帳單拿過去，還作主把二十多塊錢的零頭抹了。誰知道那個帶頭的一看到帳單，立刻就翻臉了，臉色陰得能滴出水，連連冷笑，直接把酒杯扣在桌上。蜜蜜說，當時坐檯的小姐都知道不對了，嚇得氣都不敢吭一下，那個帶頭的從褲袋裡掏出一把千元大鈔，一張一張當著 Mei 姐面前數，隨後就把現金摔在 Mei 姐身上，看就知道是來找碴的，還想硬把小穎帶出場。

蜜蜜說：「我們都說了小穎沒在做這個，他就直接把裝瓜子的水晶碗往鏡牆上砸——嚇死我啦！」

「怎麼辦啊東哥？他們看起來好像有點來頭。」

我聽了冷笑，懶得理她，下樓之後，一樓氣氛明顯不對，音樂雖然還在放，但開放區那片特別安靜，沒人喊拳，也沒人聊天，他們都在盯著二桌那邊看。

那一桌差不多八、九個男人，就像蜜蜜說的那樣很面生，個個來者不善的樣子。其中一個人坐得他媽像個大爺似的，兩手搭在沙發邊緣，臉色陰沉，應該就是蜜蜜口中那個帶頭找碴的王八蛋。

小姐有的坐著，有的站著，全不敢吭聲。Mei 姐和小穎也是沒表情，一見到我下來，眼睛都紅了。

那個帶頭的衝著我說：「你經理啊？」

「是啊。」我說

他上下打量我，明顯要來找事，站起來對我講：「好啊！你是經理，那我把話撂在這，單我他媽買了，九千八，我給一萬，不用找！你們有那個膽子收，明天我就開始來收保護費。」

他說完，旁邊那群兄弟就跟著哈哈大笑。

我問他：「這位大哥哪裡的？」

那帶頭的把水晶碗踢到我的腳邊，好像就吃定我根本不敢拿他們怎麼樣，說：「東山陳虎，沒聽過啊？」

一聽，我直接笑開，轉頭對 Mei 姐講：「Mei 姐，收錢啊，既然陳哥買了單就點清楚，陳哥說不用找，剩下兩百就當給妳的小費。」

我說完，所有人都愣了一下，包括那個陳虎。

出來喝花酒，給小費也是一個面子。雖然說給多是客人的自由，但最低都不會低於兩百，要不然太難看了，還他媽不如不給。出手越大方的客人當然越受小姐歡迎，人人都把他當財神爺，一上門都會被熱情如火的招待，十個男人九個都愛吃這種排場，兩百，五百，一千，一次出手兩三千的客人也不是沒有，女人都很愛比較，有了比較，自然就有差別對待，但凡有點來頭的都不會給兩百，因為降格調，沒面子。

陳虎聽我說完，臉色是徹底不能看了，我當作看不見，手指著大門的方向：「要收保護費，好啊，明天就來收，帶多少人來都可以，不要走錯門，銀坊招牌亮著等你。」

那幫人一下通通站起來，像是隨時準備開幹，嚇得小姐全往我背後躲，陳虎的臉色難看得要死，特別陰險地說：「你以為你大哥在台北很嗆是不是？告訴你，我們東山沒把他放在眼底，你叫高鎮東是不是，好啊，等著，明天最好給我準時開門。」

小姐們嚇壞了，尤其是Mei姐。

她手裡掐著錢，像掐著塊燙手山芋，她靠近我，說：「東哥，這……」

我只問她：「數過啦？數目對嗎？」

Mei姐點頭。

我故意說：「那站在這幹嘛？不用找錢就送客啊，今天三組劉哥在二樓喝，妳們整理整理，準備上去領小費！」

陳虎那幾個小弟忍不住想動手，卻被陳虎攔下。不得不說，有時那姓劉的名字真的很好用。民不與官鬥，時代不一樣了，現在是法治社會，有公權力在手，有時簡直比黑社會還橫，得罪這些警帽，人家看你不順眼，就能一天到晚光明正大抄你地盤，叫你吃不了兜著走。

這時不由得又想起我大哥從前那句話，不免還是覺得他很有遠見，黑社會到底又能怎麼樣？黑社會他媽也要吃飯——

我也不是第一次狐假虎威，算是很熟練了，那個陳虎死死盯著我，過了會兒，就咬牙切齒地說：「你有種！」

回頭就馬上帶著一幫小弟離開。

他們離開後，小姐都鬆了一大口氣，接著開始纏著我抱怨。

打發完她們之後，我跑去上廁所，走廊那頭小穎跟過來，輕輕勾住我的手臂，低聲說：

「東哥，剛剛謝謝你啊。」

「以後自己注意點，出去吧。」我不想跟她多說，轉身要走，她又抓住我的手掌，整個人直接貼上來。

開放區那邊重新熱鬧起來，正在唱起男女對唱，這時廁所走廊這邊沒什麼人，比外面要安靜很多。

小穎從背後抱住我，她人嬌小，胸很大，兩團肉全壓在我背上，廁所門的材質用的是黑色壓克力板，上頭撒著金蔥，門面擦得很乾淨，我隱隱看見自己的倒影，很模糊，忽然就有點恍神……

這段日子，有時感覺時間過得很快，又過得很慢。

我一下想不起今天是幾月幾號。

小穎在耳邊喊我的名字，我卻不解風情地問了她今天幾月幾號。

她愣了一下，先是啊了聲，過了會兒，才說：「今天……十四號，十二月十四號。」

她問我怎麼了，問完又開始用身體蹭我。

我竟沒感到多少衝動，甚至心不在焉。

「沒事，」我撥開她的手，她看起來訝異又失望，我給她遞台階：「出去吧。別老躲在這摸魚。」

說完我就進了男廁，幾分鐘後再出來，走廊已不見小穎的身影。

三十一

結果陳虎的保護費還是沒能收成，雖然隔天晚上他確實帶了一幫人來到銀坊——正確來說，是有人帶著他們一幫人來到銀坊。

昨晚在銀坊鬧事的龜孫子，現在一個個捱在桌邊，耷拉著腦袋罰站，尤其是那個帶頭嗆聲的陳虎，低著頭，屁都不敢再放一個。

他們大哥親自來銀坊開了個包廂。

我和那位大哥一人一頭坐在沙發上，對方看起來五十多歲，留著兩撇鬍子，白髮不少，手上戴著好幾個玉戒指，笑得相當慈祥……

他倒很阿莎力，也不廢話，直接從外套裡拿出一沓厚厚的紅包擺在桌上，發話把昨天所有受驚的小姐都叫過來，給她們壓驚。我笑了，站起來給他倒酒，倒完之後也不坐著了。幹什麼生意不講究和氣生財？尤其是我們這行，見好就收就行了，很多事不用太斤斤計較。

看年紀，就算只是客人，我也得喊這個老頭一聲大哥，我拿起酒杯，笑說：「大仔，我是小輩，先乾為敬。」

陳虎他們幾個在旁邊僵得跟木頭人似的，表情臭得可以，好像有人欠他們幾百萬，但也不敢吭聲，我還想說幾句客氣話，就被那位大哥攔住，「我這群細漢仔不懂事，是我沒教好，你們昨天的損失我們負責——」他說完，陳虎就從自己口袋掏出一個紅包，很厚，不甘不願地遞到我面前，我裝作看不見他的表情，笑笑把那封紅包放手裡掂了掂，繼續等那位大哥的下文。

他拍了下大腿，說：「其實我跟劉哥也有點交情，知道他平時也沒什麼娛樂，就喜歡喝點小酒放鬆放鬆，昨天是一場誤會，還驚動劉哥打電話關心，問我們是不是存心不讓他好過——哎，我們冤得要死，大家都在一個地方混，其實也算自己人，怪這群兔崽子，出門不帶眼睛也不帶腦子！」

我全程陪笑臉陪他們大哥演戲，反正就是走個過場，昨天我事先跟姓劉的打過招呼，後來聽葳葳說我們下去沒多久，姓劉的就走出包廂打電話，今天這幫人就上門來道歉了，可見那姓劉的官威之大。我其實很想笑，反正不管是誰，橫豎都得看條子臉色，這下好啦，誰他媽都別威脅誰。

這年頭的黑社會，本質都與生意人越來越接近，講義氣沒多少，奸詐狡猾的越來越多。這位東山大哥這趟把禮數做得很足，我把小姐全叫上來，一人說句好聽話領紅包，搞得現場跟拜年似的，領完之後紅包還多出不少，又全部給她們平分當小費，這幫小姐們白領這麼多錢，樂得不行，我讓她們留在包廂好好招呼那群兄弟，他們可能覺得丟面子，也沒久留，只待了四十幾分鐘便離開銀坊。

我把那位大哥送到樓下坐車，上車前，他拍拍我的肩膀，「少年仔，我看你有點眼熟，你是不是年輕時就跟了你大哥？」

我說是，他又點點頭，說難怪了。客套話扯了幾句，又繞回主題：「那今天的事也算過了，你回頭得跟劉仔打聲招呼啊，大家出來混，都是要生活的嘛！現在跟以前不一樣啦，和和氣氣是最好，你說是不是？阿東——我記得你叫阿東。」

我笑答：「當然，大哥放心。」

「行行，有你這句話我放心，那我走啦，那邊我也交代過了，以後大家山水有相逢，都要好好相處，那我就放心了。」

替東山大哥關上車門，目送車子消失在巷口後，轉身就看見陳虎還在不遠處盯著我看，面無表情，眼神陰沉，這種神色我不陌生，十幾歲那時候剛出來混，想出頭的時候，心中都有股暴衝的戾氣，成天想著幹大事，那時誰不是像他這樣？

陳虎將菸甩在地上踩熄，才上了另一輛車，帶著那群人消失。我接著在樓下抽菸，後來Mei姐走下來關心情況，問我沒事吧？我叼菸，笑說能有什麼事。

她鬆了口氣，眉開眼笑地說，東山的紅包給得很大方。一個小姐三千呢！

「要不要宵夜啊？我去買魷魚羹，你也來一碗？」

「妳請客啊？」我虧她。

Mei姐呿了聲，「你們一個個好意思來敲我竹槓啊！我還有個女兒要養呢！不過……看在這三千紅包的分上——好吧，請了！」

我哈哈笑：「算啦，不敢讓妳破費！妳把壓箱美女全帶到銀坊來，我欠妳大人情，我請吧，幾個要？全請了。」Mei姐高聲道好，湊到我臉頰親了一口，我跟她倒沒什麼不可告人的關係，她大我十多歲，還有個小孩，對我來說，就跟個大姊一樣。

魷魚羹攤在另一邊，夜色笙歌中，我穿過那條程瀚青曾拉著我跑的巷子，一路菸不離手，越走越慢，越走越慢。

今天那輛發財車攤的生意仍是不錯。

已近半夜，我走過去，還有好幾個人在排隊。幾乎都是小姐。

「東哥，今天怎麼有空啊！」

老闆熱情地與我打招呼，我說：「給我包十二碗魷魚羹，兩碗不要辣。」

原本想到旁邊的位上坐著等，結果那邊已經坐了一男一女。那女的背對我，看不到臉，對面那個男的我卻認識，是香格里拉的經理，許文強。

……我還在做少爺那年，他跟他老闆來銀坊喝過一次，就唯一的一次。銀坊跟香格里拉本來只是競爭關係，沒什麼深仇大恨，卻因為我們上個白癡經理的緣故，讓兩家店的關係迅速惡化，黃少文那神經病當時為了拚業績，自作主張在背後使陰招，打電話檢舉了香格里拉很多次。

每一行都有惡性競爭，其實這種事也不算新聞，如果他做得乾淨一點也就算了，偏偏還被對方給揪出來，長江後浪推前浪，他們背後那個大老闆占帥，年紀輕輕，在中山出名的陰險毒辣，比他老爸當年還厲害，好多老大哥都不敢輕易得罪這個太子爺，黃少文給自己招了個大麻煩，那時不少人，包括我在內，都在等他完蛋。果然有天半夜下班，黃少文當街被人蓋了布袋，被路人發現送到醫院，已是快天亮的事。就打了一通電話，代價是一雙手腳全被打折，腦子還被拍了一磚頭，幸好沒被拍成白癡，但還是讓他躺了差不多一年的時間，所有人心知肚明是誰幹的，但也沒人想給他出頭，我大哥都他媽裝聾作啞。黃少文這下算是廢了，而我算是撿了個漏，接了這個經理，羅軍當時就告訴我，「說是代的，但你好好幹，幹得好，就一直幹下去。」

許文強是占帥的左右手，也是半個大哥，這人其實長得不錯，就是渾身透著一股陰險勁，讓人不太想跟他接近，對面那個女的也不知道跟他什麼關係，讓許文強和她有說有笑的，我在旁邊看了會兒戲，也沒想過去打招呼，等魷魚羹包好之後，就付錢走人。

老闆笑說：「再來光顧啊，東哥！」

以前我也常說要帶程瀚青來吃這家的宵夜，可後來我們出過國，溜過冰，釣過蝦，看過電影，就是還沒來過這裡。

三十二

在羅軍的 PUB 外看到程瀚青那一晚，我以為是自己喝多了眼花。

當時我們起碼有五、六個月沒見了，那晚我喝了不少，躺在車裡醒酒，音樂開得好大聲，晚上人多，我不知道怎麼就一眼看見程瀚青在馬路對面，當時隔著擋風玻璃，我第一個反應是懷疑自己認錯人……

酒吧門口不斷有人進出，男男女女，打扮成妖魔鬼怪，程瀚青永遠不變的是那套夾克和牛仔褲，看起來很普通，在人潮中反而顯眼起來。他頭髮有點長，幾乎蓋住了眼睛，自己一個人靠在路燈邊抽菸，旁邊還有幾個女人在瞄他。

台北有這麼小嗎？我心想。

先是感到無語，又馬上陷入一條死胡同裡，原本就要離開，因為這一眼連引擎也踩不下去，我窩在駕駛座，隔著一條馬路看他。

我憋著身體裡那股勁，可能是酒精讓我變得很衝動，那一瞬間，我甚至感到心如刀絞，原因不明。疼那一下來得很突然，時間又短，短得像是沒發生過。

除開我們打架那天，這段時間沒他，我頂多偶爾想想，也不會有這麼激烈的反應。

對面那個年輕人勾住程瀚青的肩膀，兩人好像要往酒吧裡走，我拿出自己的電話，想也不想按了他的號碼。我其實沒什麼話能跟他說，電話打出去的那一秒鐘，我像是酒醒了，我承認我很緊張，不斷想到程瀚青離開我家那一天——

也許我也是個賤人，但我忍不住，乾脆就當自己是撒酒瘋，明天忘了就好。

程瀚青背對我停在酒吧門口，他接了。

電話裡我一通胡言亂語，按我以往的不良紀錄，那些話根本不能當真，可我就是說了，一字一句，就圖一時痛快。

後來他拿著電話衝進酒吧裡，我再也看不見他。

電話那頭很吵，像是很多人在鬼吼鬼叫，我把車裡的音樂關掉，也幾乎聽不見程瀚青的聲音。

……我對他講，程瀚青，我們重新開始吧。

可他沒有回答。

掛斷電話後，我的胸口全麻了，我忽然覺得很想吐，只好下車透氣。

我在附近差不多晃了兩圈，在一排機車格裡找到程瀚青的車。

我直接坐上去，趴在龍頭上，那是我第一次為程瀚青哭。

我已經很久沒有為誰哭過。上次應該是阿磊拔管那一天。

我這輩子活到現在就他媽沒為多少人哭過。

阿磊是一個。我爸是一個。哭的理由都好簡單，因為這兩個人全死了。

為程瀚青哭，感覺複雜多了。我自己都說不清為什麼。

我抹了把臉，摸出口袋剩下的半包菸。

之前買子無意間替我翻出的那張大頭貼，後來被我塞在錢包裡，我坐在他的機車上抽菸，抽完一根又一根。每點一根菸，我都告訴自己：如果這根抽完了他還是沒出現，就算了吧

……

結果半包菸都抽光了，程瀚青也沒出現。

剩下水溝蓋邊的一堆菸蒂。

我捏扁菸盒扔出去，又把錢包裡的那張貼紙抽出來，我撕起一張，就像小時候惡作劇那樣，貼在程瀚青那輛機車的後照鏡上。

買子曾問過我到底在想什麼？他不知道程瀚青的名字，但他見過那張貼紙。

我老實告訴他我不知道。如果是以前，我會很肯定地回答他，「什麼想什麼？兩個人玩一玩，還要想什麼？」

西門町之夜後，沒多久，有天半夜，程瀚青非常突然地跑到我家樓下。

不知道他受了什麼刺激。但我其實很高興。我讓他進門，和他各自在床頭不停地抽菸，我們沒做愛，就是睡了一覺……再之後，又是那樣了。

對，我們又好了。

那晚他跑到我家樓下，在電話裡對我說：我們在一起吧。

我當時不是沒感覺，甚至有點激動。

在西門町那晚，我也在一通電話裡對他說過這麼類似的話，但那時我就是借酒裝瘋，衝動居多，隔天酒醒也就當沒這回事。

但程瀚青不是我，這人是不開玩笑的。那一瞬間我在猶豫。感覺也不是排斥，就是懷疑自己做不做得到？

……恍惚有種回到過去被小麗逼婚時的錯覺。

我很瞭解自己。

我覺得我做不到。小麗就是最好的例子。這跟喜不喜歡沒什麼關係，單純就是做不到而已，與程瀚青是男是女，還是別的什麼原因都沒什麼關係。

我他媽就是這種人。其實程瀚青揍我的那次，真沒揍錯。我忽然很懷疑，當時好想在電話裡問他：你到底是看中我什麼地方啊？

我沒法給他回答，但也不想讓他走。

在房間相對無言那段過程中，我一直抓著程瀚青的手，有時磨一磨、搓一搓。

我想了很久……最後，還是選擇繼續作個快樂的王八蛋。

我沒辦法說好。但我們還是又「好」了。

只是這一次本質上徹底不同。

就算嘴上沒說什麼一起不一起，但我自己知道，我和程瀚青是沒那麼簡單了，我騙不了自己——我開始對他有感情。

三十三

新年，一月。

「東哥拜拜！」

凌晨三點多，我與幾個小姐在門口道別，下了樓梯，就見Mei姐站在騎樓邊抽菸，她朝我招招手，整張臉紅得跟醉蝦一樣，我走過去問她：「妳還好吧？幫妳叫車？」

Mei姐一直難受地搔著頭皮，感覺癢得不行，「嘶——不用啦，我沒醉！就那幾個小子還灌得醉我啊？」

我看她彷彿要把整張頭皮給撓下來一樣，忍不住唸她：「叫妳少戴假髮啦！要不妳也買頂好點的，小心禿頭啊妳！」

她差點把一雙眼睛瞪出來，要用那八吋鞋跟踩我，「你知不知道一頂假髮多貴啊？普通一點都要五六千呢——嗤，說了你們這幫臭男人也不懂！」

我笑著閃過她的腳，不再跟她鬥嘴，這個時間差不多就是林森北路的散客時分，巷子裡不時有計程車駛過，深紅的車燈忽明忽暗，路邊不少酒客與小姐在拉拉扯扯，帶著酒意高聲吆喝、說話……

「妳真行啊？我走啦？」

Mei 姐被我煩得叫我快滾，我哈哈笑地跑掉。

林森北路那些歌聲，基本不到天亮是不會停歇的，我快步穿過巷子，才走出去，不遠處，就看見程瀚青坐在機車上抽菸，旁邊停的就是我那輛被他嫌得一無是處的破車。

四周有些酒家還沒打烊，我放慢腳步，程瀚青抽菸喜歡低著頭，一副心事重重的樣子，我邊走邊拉開領帶，在他旁邊停下，說：「帥哥，這麼晚一個人啊？」

程瀚青抬起頭，彈了下菸灰。

我們倆站在路邊，他抽出一根菸給我，我直接含住，抵住他嘴邊還在燃燒的菸頭，我問他等了多久，他說：「剛到。」

地上有兩三個菸蒂，我沒拆穿他，好多事都是習慣成自然的。新年開始，他偶爾會來等我下班，我們會一起去附近吃宵夜，吃完再回三重去。

程瀚青也不會事先告訴我來不來，感覺也是看他自己心情，想來就來，要不就算了。除了第一次有點意外，我也不是很反感，有時甚至有點期待，從我們店裡走到我平時停車的地方，也就兩三分鐘，我也算是多了項樂趣——猜程瀚青今晚會不會出現。

其實他不來，我自己照樣能回家。他來，頂多也就像現在這樣，抽根菸，再一起回家。只是一個人和兩個人，坦白說還是有點區別。

我忽然想起那攤魷魚羹，就問他餓不餓。

「吃什麼？涼麵？」他問。

我拍下他的屁股，笑得像個流氓：「東哥帶你吃好吃的。」

別小看這淩晨三四點。這時分，是中山區宵夜檔最後一段高峰期，魷魚羹攤那邊大排長龍，幾乎全是小姐。

程瀚青看著那輛發財車的人龍，說：「很好吃啊？」

「試試你就知道。」我說。

幸好多數的客人都是準備外帶的，我們等了兩組，就等到了空位，這麼多年老闆堅持只在車攤上擺一副桌椅，好多小姐都在抱怨，但他就是不肯多添兩張桌子。

老闆說：「東哥，今天帶朋友啊？」

我點頭：「是啊，來兩碗羹麵，大碗的。」

這一帶什麼吃的都有，刀削麵、小籠包、豆漿油條、臭豆腐、蔥油餅，只有你想不到，沒有吃不到的，別看有些店面破破爛爛，其實都是老字號，在這邊混久的老饕跟酒客都知道，想吃好吃的，就要往越破的店裡跑，尤其是那些連店面都沒有的路邊攤、發財車，最好吃的都在那裡。

麵送來之後，我和程瀚青都加了大把的辣椒醬，他呼呼吞了兩大口，吃得窣溜窣溜，我說：「怎麼樣？」

他嗯了聲，連頭都不抬，又加了一匙辣椒，整碗湯幾乎成了血紅色，很快吃得滿頭大汗，他抹了把脖子，說這辣椒醬好，不鹹。

我說對啊，「老闆自己做的，別人要買，他還不賣！」他問我這台車在這擺了多久，我說不知道，我來銀坊上班時它就在這裡了，起碼有五、六年吧。

這頓宵夜吃得很撐，我走去結帳，老闆大概是沒見過程瀚青，就多問了一句，「帥哥，怎麼樣？吃得慣嗎？」

程瀚青笑笑，對老闆豎起了拇指，說很好吃，下次再來。

只要他來等我下班，回三重都是他開車或騎車。每次他都說，「你睡一下，到了叫你。」

我車裡還放著齊秦的CD，上車後，他一打開，聽見歌聲就開始笑。

我原本沒什麼感覺，看程瀚青越笑越開心，忍不住多看幾眼，心裡有點騷動。

程瀚青笑跟不笑的樣子差很多。我還挺喜歡看他笑。挺帥的。

「你不睡？」等紅燈時他問我。

我搖頭，問他今年過年在不在台北，他說在。他弟弟打算今年結婚，聽說女方長輩會在春節北上，按規矩就是兩家人見見面，合合八字，要是沒什麼大問題，就商量把日子定下來。程瀚青還問我有沒有熟悉的金飾店，我想了下，說：「算有吧，幹嘛？」

他說想買點金飾給他弟弟當結婚禮物。

我虧他：「你弟命算好的了，有你這二十四孝好大哥。」

程瀚青對他弟弟好得不可思議。我後來才知道，原來他弟讀大學的學費，幾乎是程瀚青一個人供的。他高中肄業去車行做學徒，摸過的車不知道有幾百輛，手上的繭厚得可怕。程瀚青工作很拚，錢賺得不算少了，卻很少花在自己身上。我很難理解這種感情，就算是兄弟，有這麼無私付出的嗎？要換我作別人大哥，能不能做到有程瀚青的一半大概都是問號。這讓我更加肯定有一點我是沒看錯程瀚青的。他把家庭看得很重要。

●
●

到我家後，為了節省時間，我們是一起洗的澡。

蓮蓬頭噴出的熱水嘩啦啦的，熱霧瀰漫，我在他耳邊說：「下禮拜找天帶你去看金子。」

我難得替他把這事放心上，誰知道程瀚青反過來開了個冷笑話，「現在啊？」

他突然襲擊我的老二，我毫無防備，頭上的洗髮水就流進了眼眶裡。

我罵了聲，眼眶一陣刺痛，一時間什麼都看不見，只聽見程瀚青在旁邊笑。

我從背後勒住他的脖子，熱水打在我們臉上，很舒服，那一刻我真有種願望。想跟他一輩子待在浴缸裡，永遠都不出去……

我太累了。既想睡覺，又想睡他。

我跟他接吻，他雙手撐在濕滑的磁磚上，手背上一條條的青筋。

「你拿去啊。」我故意頂了頂他。

我們緊緊相貼，這種感覺好像睽違許久，反正很爽，很滿足了。

程瀚青半邊臉貼在磁磚上，我耳裡只聽見他的呼吸，我感覺精蟲全衝上了腦袋，糊成一個瘋狂的念頭：我要跟他在一起……

跟他做愛我時常會走火入魔。

特別喜歡用語言逼他說些平時絕不說的話，那會讓我有種超越生理的快感。有時比射精還痛快。好像我真的征服了程瀚青。

我咬住他的耳垂，問他爽不爽？

程瀚青根本不理我。

我不太想放過他，覺得自己已經有點神志不清，我抓住程瀚青的頭髮，後來聽見自己問他：「你愛不愛我——」

鏡子上一層厚厚的水霧，一團模糊，後來程瀚青勾住我的脖子，他媽直接把我嘴角咬破了。

住宿
休息
P
200

一九九九往事

三十四——程瀚青

後來高鎮東真的帶我去挑了金飾。

到了地方之後，我才明白那時他說的「算有吧」是什麼意思。

那是間當鋪。在錦州街。

裡面那個管理人顯然跟他很熟，年紀看著比高鎮東要大很多，見到他，又客客氣氣叫東哥。聽高鎮東稱那位中年人叫全叔。我們一進去，全叔就拿了把大鎖，把大門鎖起來，接著又帶我們走進另一間上鎖的房間裡。

那房間挺大的，看樣子像間倉庫，擺著很多箱子和雜物，還有一堆女人穿的皮草大衣。

我沒想到高鎮東會帶我來當鋪，我有點忌諱，畢竟是要送給程耀青的新婚禮物，拿別人當過的東西總覺得不吉利，但我沒說出來，心想到時乾脆隨便找個藉口，說沒有挑到中意的，自己再去外面買算了……

全叔領我們走到一個拐角處，推開一扇隱藏式拉門，差不多三坪左右的小空間，四面白牆，放著兩只保險櫃。

他轉著密碼，打開右邊的保險箱，裡面疊放的全是裝珠寶用的那種絨布盒。我還是第一次逛當鋪，感覺很新鮮，有點像《縱橫四海》裡張國榮和周潤發連夜去偷畫的情節，闖過一道又一道關卡，也不知道這間當鋪有沒有裝那種橫豎交錯的紅外線，也許我跟高鎮東就應該要抱起這些珠寶往外跑，然後一起亡命天涯，從此隱姓埋名，在誰都找不到我們的地方過得逍遙自在。

高鎮東說：「哪箱是老陳抵押的？」

全叔從保險箱裡拖出一隻皮製的小手提箱，將箱子擺在桌上，指著說：「都在這，還沒動過。」

「你們慢慢看，我出去看店。」說完，全叔就走出去了。

我有點詫異他的隨便：「他不用盯著嗎？」

高鎮東聳聳肩，也沒解釋，只是讓我過去選金飾。

那只皮箱裡堆滿傳統銀樓用來包裝金飾的那種紅綢布包。有大有小。有的裡頭放著金鐲子。有的是金鎖片。有的是粗粗細細的金鏈子。有的是金戒指。各式各樣的款式，還附紅單，標著金重。

高鎮東戴上白手套，熟練的把那些金飾拿出來平放在桌面上，他看我一眼，說：「這箱金飾不是外面那些當品，有間珠寶店老闆在我們錢莊借錢，結果還不出來，就把他店裡的貨全拿來作抵押，都是新的。」

我有點愣，高鎮東有時就是這樣，看著好像什麼都不在乎，其實敏銳得可怕。我什麼都沒說，他就看出我在想什麼。

我們在這密不透風的小房間裡待了將近一個鐘頭。

把那些黃燦燦的金飾拆了又包，包了又拆，像分贓的賊似的。我挑了套金飾，是對金手鐲和成套的金項鍊、金戒指。後來又湊了一個金鎖片，想送給他們未來的小孩。小孩戴的鎖片我挑得比較認真，我一邊看，一邊陷入某種相當微妙的情緒裡去。活了三十年，我還是第一次去想像未來某個與自己擁有血緣關係的小孩。

也不知道第一胎會生男的還是女的？

是會像程耀青，還是像容家？孩子應該都很皮吧？……

看著十二生肖幾乎湊齊了的金鎖，我想得很投入，好像已經看見那個小孩長什麼樣子。那天高鎮東非常有耐性，陪了我很久，我比著那些金鎖片，問他覺得哪個好。

他嚼著口香糖，湊過來，指著一條鯉魚，說：「這個吧，我看一些客人戴過。」

我說這是給程耀青未來的小孩選的，他嗤笑：「你也想太遠了吧！好像你自己要結婚似的。」他指著另一條刻著龍的，說：「龍的好啊，望子成龍，挺好的。」

「要是個女的呢？」

高鎮東說那還不簡單，你不會挑一對啊？再挑個羊的，要不兔子也行啊。

他說得理所當然，把雕著兔子跟龍的金片勾起來，又拉起一串小孩子掛在腳上的金鈴鐺，掛在手指上甩得叮噹響，「這可以吧？我看有的小孩腿上戴過。」

我點頭。

他說：「那就這些吧。」

本來我也做好今天要失血的準備，挑的東西比預期的多，卻沒有捨不得，反而很痛快。走到外面櫃檯時，全叔開始清點我們挑的金飾，拿出一本密密麻麻的本子，在上頭畫畫寫寫，高鎮東剛在裡面就說，當鋪拿的價錢比外面那些銀樓珠寶店起碼會便宜四到五成，東西還有專人鑒過，很划算。他自己又算「內部員工」，更不怕被坑。我掏錢包時被高鎮東擋下，他朝我搖頭，示意我別講話，轉頭對全叔說：「多少錢？」

全叔笑咪咪地，擺擺手，比了個一。

「沒關係，今天拿多少，你照算。」

全叔哎了聲，說：「二哥有交代啦，超過二套以上，都照兩套算，你自己人，應該的。」

後來我也沒看見高鎮東掏錢，只聽他們說用計的，具體怎麼計，我也不清楚。

走出當鋪後我問他怎麼回事？

高鎮東說：「我跟他們說是自己家裡人結婚要用，不然怎麼這麼便宜？」

「這樣我怎麼跟你算？」

他嗤了聲，上車後就把那些盒子放到我腿上，發動的時候，他跟無賴一樣：「你算得出來你算啊，我算不出來，我不算。」

高鎮東也不是沒為我花過錢，但送東西這種事基本上沒發生過。世界上送禮物的藉口非常多，光是那些節日生日就數都數不完，可那些跟我和高鎮東都沒什麼關係。我跟他之間好像不存在什麼送對方東西的理由。好像什麼理由都不適合我們。

這是他第一次特地給我送東西。

就算這些東西最後都要送到程耀青手裡，但那一刻我仍感到一種隱密的快樂，又遠不止快樂這麼簡單。

我笑說：「大手筆啊，到時要不要給你送張喜帖？」

「行啊，你敢送我還不敢去啊？到時候包個大紅包，一定讓你弟有面子。」

好多年前我去當兵時，當時曾問高鎮東會不會來看我，那時候他說好的語氣就跟現在這句「行啊」一模一樣。

我們偶爾也會開開類似的玩笑，熟悉之後都各自明白不用當真。後來那張印著「程林之喜」大紅喜帖我也沒真的送給他，高鎮東也沒向我討過。

程耀青收到那一盒金飾時，表情很複雜，一開始不願意收，甚至對我生悶氣。這些年來他第一次敢對我擺臉色，容家和我爸知道這件事，但老爸沒說話，反而容家在一旁乾著急，想出面調和。也不知道他們怎麼談的，最後是容家捧著那盒金飾想還給我，我火一來，就直接走到程耀青房間裡，也不讓容家跟進來，關上門，對程耀青說：「我這幾年沒存多少錢，買不起貴的，你還嫌便宜啊？」

程耀青一聽，倏地站起來，臉紅得跟豬肝一樣。

「幹嘛？想打我？」

我把那盒首飾丟在桌上，懶得等程耀青是什麼反應，就要走出去，程耀青拉了我一下，很急地說：「哥！」

「我不是這個意思！」

不知道從什麼時候開始，在這個家裡，程耀青就變得很怕我。以前他是怕我爸，後來更怕我，我說一，他從不敢說二。

他大學畢業後主動跟我談過一回，讓我不用再給他錢，他自己是做好計畫才決定考碩士的，以後的學費和生活費他能自己負責。這是好幾年前的事。說實話，這減輕我不少壓力和負擔。我當時也沒多想，就答應了，對程耀青的轉變雖然有點不適應，但我一直記得他在電話裡對我說的最後一句話。

他說：「哥，以後我也讓你享福，我要早點獨立，要不然我怕以後養不起你跟老爸。」

感覺還是昨天的事，結果一眨眼，這臭小子就要結婚了。

程耀青有點暴躁，「你自己以後也要結婚也要生活，你有錢不能自己存著啊！不要一直管我的事好不好！」

「操！」我推開他，這時容家闖進來，氣呼呼拉開程耀青：「你會不會說話啊！」又轉過來連忙對我說：「哥，你別生氣，他不是這個意思——哎，他只是不想讓你這麼辛苦，真的。你說話啊——」

容家推了下程耀青，好像怕我不信，又對我說：「他不想你這麼辛苦。」

我打斷容家，對程耀青說：「這些都是給你們以後的小孩，我還沒資格送東西給我侄子啊？」

說完我走出去，老爸站在房門口，也不知聽了多久。

整個下午，家裡都安安靜靜，客廳也沒人在看電視。

到晚上，程耀青自動向我認罪，二十多歲都要結婚的男人了，還紅著眼眶，扭扭捏捏地說哥，對不起。

那盒金飾他們還是收了。其實我之所以會發這麼大火，多少也有高鎮東的原因。那盒金飾他們以為是我送的，其實花的是高鎮東的錢。我希望他們收下，只是為了滿足一點自己的私心。

訂婚在容家南投老家辦；結婚宴則訂在五月一號。今年的好日子都擠在前半年，程耀青跟容家的意思是不想一直拖，就訂了個半趕不急的日子，算一算只有三個月時間準備。我跟程耀青徹夜寫喜帖，寫到手軟，趁他不注意我拿了一張空白帖子，原本是想跟高鎮東開個玩笑，我把我跟他的名字填上去。

可後來我只拿了喜餅給他，那張寫了我們名字的喜帖就一直夾在我的櫃子裡，沒再動過。

距離程耀青的婚禮還有幾個月，老爸卻變得相當神經質。他堅持讓我去做一套西裝，別去買現成的。我一開始很抗拒，覺得沒必要。可架不住我爸的臭脾氣，被他押著去了趟迪化街，那是家老字號的布料行，員工的頭髮全是白的。

高鎮東第一次見我試穿那套西裝時，看了我好久。

他叼著菸，笑說：「程瀚青，我覺得我能想像你以後結婚的樣子，但我想像不出來你旁邊會站個什麼樣的女人，你結婚還是給我發帖子吧，到時我去見識見識，要是新娘長得太醜，我就帶你跑了。」

那套西裝我一共就穿過一次。就是程耀青結婚那天。

後來高鎮東也並沒能等到我結婚那一天。

他隨口說過的話不計其數，大多都是扯爛的。我以為自己已經非常習慣。可這次他食言的方式太戲劇化，我覺得自己終生都無法釋懷。

……與他的未來我原本就不抱希望，只是有一天過一天而已，這幾年我們分分合合，誰都不知道下一次分開會是什麼時候。

我假想過很多可能。

但在那些假設裡我從來沒想過他會死。死在一個原本充滿期待的清晨。

●

●

那天早上老爸說有我的信，是高鎮東給我寄的兩張演唱會門票。

在香港。我看著那兩張票許久，忍不住開始想像香港到底是什麼樣子的，那一天我上班都心不在焉，好幾個同事都說我看起來心情很好，是不是有什麼好事……

我一直在等高鎮東。

等我們原本約好六月出發的日子。

三十五—高鎮東

這兩年我越來越覺得台北真他媽雞巴小，走到哪裡都能碰見熟人。

新年二月初春，銀坊也放年假，我和程瀚青一時興起跑去華西街喝蛇湯。

龍山寺香火很旺，到處都是人，尤其是華西街夜市那一帶，擠得前胸貼後背。以前這邊是老台北最出名的紅燈區，有牌無牌的，都在這裡大剌剌地做皮肉生意。一清開始之後，那些理髮廳、美容院、茶店啊，一時間人人自危，關門的關門，被罰的被罰，後來那一帶變得安分許多，至少不敢像以前那麼明目張膽，生意還是得做，但都躲起來偷偷地做。

路上程瀚青告訴我，他弟以前高中時，讀書壓力大，弄得滿臉爛瘡爛痘，中醫西醫全看不好，後來聽別人說蛇湯清毒火最有效，那時他爸就叫他每個禮拜來華西街一趟，每次拿七天份的蛇湯，讓他弟每天灌一碗，程瀚青原以為蛇湯這種東西就唬唬人的，誰知道他弟喝了大半年，那張像給硫酸潑過的臉還真的慢慢好轉，恢復了人樣……

聽完，我的注意力卻不在蛇湯上，只對他講：「喂，你弟以後要是敢忤逆你，你告訴我，我讓人把他腿打折。」

「你有病吧。」他笑。

「嘿，當練手啊，以後我兒子要敢不聽話，我打得更狠。」

我勾過他的肩膀，看起來就像好哥兒們，我們隨便挑了家裝潢還算乾淨的店走進去，外頭有一長排的蛇籠，菜單上野味居多，田雞啊，炸蛹啊，烤知了那些，除了蛇湯以外，還有套餐，意思就是一盅湯、一碟蛇油、一杯蛇血，加起來號稱養顏排毒聖品。很多老頭子特別信這套，覺得這種東西吃了補元氣，還回春，天天都來喝蛇血。

我和程瀚青各點一套，又點了盤三杯田雞，在冰箱前挑冷飲時，我餘光瞄到一個短髮的女孩，靠著牆角那桌坐著，桌上有幾個吃剩的盤子，那女孩留著層黑漆漆的瀏海，一個人坐在那兒，像在等人。

乍眼我覺得她有點熟悉，但想不起來在哪見過她，就忍不住盯著她看，程瀚青從背後撞了我一下，問我要喝什麼，我感覺自己快想起來，就沒說話，忍不住朝那女孩走過去。可能是我打量的目光太明顯，她察覺到，頭就轉過來，我們四目相對的瞬間，她看起來嚇到了，一雙眼睛瞪得圓圓的，看起來有些忐忑、慌張。

正面一看，我才想起來她是誰。

她樣子變化不太大，可以說幾乎沒變，只是因為太久沒見，她長大了，我一下沒想起來。看她那反應，我覺得應該沒認錯人。

我忽然有點後悔自己走過來幹嘛，裝作不認識會好一點，我無意嚇她，更沒想找她麻煩。

後來就聽見後面有個男人說：「怎麼了？」

我轉頭，差點沒嚇死，竟然是許文強。

許文強站在我後面，見到是我，也有點訝異。

他繞過我，走到那女孩旁邊，笑說：「這麼巧，也來喝蛇湯？你們最近生意還好吧？」

我點頭：「是啊，跟朋友來喝蛇湯，強哥很久沒來我們店裡關照了。」

許文強笑笑沒接話，後來也不知道是在問我，還是在問她：「認識啊？」

氣氛有些微妙，程瀚青在一旁保持沉默。

許文強的手放在她肩上，我不禁懷疑他們倆是什麼關係，操，總不可能是父女吧！這種事也不罕見，但我就是有點難以置信，只看她眼皮眨了眨，好像是緊張，她瞄了我一眼，感覺好像在哀求我什麼。

我沒說話，她反應也滿快的，拿起他們桌上一瓶油膩膩的銀色辣椒罐，直接遞給我，輕聲說：「你們用吧，我們吃完了。」

「謝謝。」我順著演下去，對著許文強晃了晃手中的辣椒罐，說：「我們那桌沒了，走過來借，強哥吃完了？這頓我請啊。」

許文強擺手說不用，我也沒堅持，只想趕快走，點頭說：「那我先過去了，回頭有機會再跟強哥喝幾杯。」

道別之後，我和程瀚青回到自己那桌，許文強那邊也沒久待，我們這邊點的菜剛上，他們就結帳離開了。

「你朋友？」程瀚青問。

我想了想，說，「不算，認識而已。」

我告訴他許文強是我們對頭的經理，在那區混得很開，他後面那個老闆是個大人物，全家都是混黑社會的，後台很硬。程瀚青又問：「那女孩是他什麼人？看著年紀滿小的。」

「誰知道，」我聳聳肩，說：「我跟她不是很熟，很多年前見過幾次，那時候她大概才……才這麼高吧。」

我隨便比了個腰的高度，見程瀚青好像有點傻住，我笑：「忘了，太久了！」

他問我怎麼跟那女孩認識，我乾掉一杯啤酒，舌尖冰得發麻。

「她老爸以前在我們錢莊借錢，還不出來，為了抵債，讓他老婆下海陪酒去了。」

「他還有個女兒，就是剛剛那個，沒過幾年也被她爸拖下去賣了，我記得那時她好像

——好像才讀高中吧。」

我冷笑：「你是沒機會看見，那個男人長得人模人樣，但真是……」這種事我當年見得很多，麻木到現在再提起，其實也沒什麼感覺。

雖然當年逼良為娼的人不是我，我那時充其量就是個沒分量的小弟，可她每次見到我都還是會怕。她是真沒什麼變，看起來就跟普通的學生沒什麼兩樣，也不見一點風塵味，要不是以前我剛好上他們家討過債，大概也會被騙過去。這幾年我察言觀色的本事不小，看她嚇成那個樣子，許文強對那些鳥事應該不知情。

操，越想越覺得荒謬。她跟許文強差了有沒有十五歲？

吃完後我們順便去龍山寺拜佛。

車站附近很多流浪漢，一身破破爛爛躺在公園裡，聽說有些人以前還是百萬富翁，作過老闆，作過小開，但後來全民瘋賭牌、瘋簽彩，才淪落成這個樣子。

我看程瀚青上上下下地掏零錢，經過一個就蹲下來放一點、放一點，也不用丟的。直到再摸不出一個銅板為止。

這人看著剛硬，其實心挺軟。相比之下，我覺得自己簡直糟得不能更糟。

我問程瀚青：「你現在知道我以前都幹過什麼，失不失望？」

程瀚青說不知道。

我問他什麼叫不知道，他想了下，說，大概你跟我還沒壞到那個地步，所以我沒什麼感覺吧。

我無語，不知道算不算鬆了口氣，其實我也不知道自己想從他嘴裡聽見什麼答案。

二月時，我聽他說他弟的婚禮定在五月。

我問怎麼這麼趕，當時程瀚青正在床邊穿襪子，說：「趕？拖夠久了，早結早點生。」

我仰躺在床上，說：「你是不是把你弟當你兒子啊？你就不像一個大哥，簡直像他老爸。」

我覺得程瀚青好像挺喜歡小孩。

我不禁想像他以後作別人老公、作人家爸爸是什麼樣子，想他一個大男人抱著個嬰兒唱歌、陪孩子玩騎馬打仗，越想越覺得好笑。

「程瀚青，」

我突然叫他一聲，他回頭看我，我對他說：「不如我們兩個都找個女人結婚吧，生幾個孩子，要是能湊個一男一女，讓他們從小在一起，長大讓他們結婚，到時我們倆還能作個親家，我一定把你女兒當親生的疼。」

程瀚青好像覺得我是神經病，我越說興致越大，坐起來攬住他的肩膀，笑，「不挺好的啊，老了我們作一家人，你努力生個女兒，嫁給我兒子作老婆。」

程瀚青直接拒絕。說要是真生了女兒，絕不把她嫁給我兒子當老婆。

我問他為什麼，他說：「你兒子要是像你，我女兒有得苦吃了。」

後來我們倒在床上，笑得肚痛淚流，我講上癮了，完全停不下來。

「要不女兒我生，嫁你兒子吧，你兒子要是像你，我放心了。」

過了會兒，他說，「行啊，要真有那時候，我兒子娶你女兒。」

我看著他，沒忍住，湊過去跟他接吻。

我覺得我越來越喜歡他……

我對他說：「今年我們再出國吧，去香港好了——香港近，」我壓著他，邊說：

「我們去蘭桂坊喝酒看妞，去維多利亞港，再去爬太平山……」

我做了春秋大夢，扯了很多地方。反正想到什麼說什麼。

從香港到富士山、東京鐵塔、自由女神，幻想果然是最爽快的事，沒有任何傷痛，不用有任何顧慮，那整個下午，我和程瀚青在我那幾坪大的房間裡環遊了全世界，最後一站停格在汪洋大海，我們說好有一天要站在全世界最美的夕陽前大喊我是世界之王……

「好不好？」我問他。

程瀚青叼著菸，笑得眼角全是皺紋。

「好啊。」

三十六——程瀚青

我與王克已經有陣子沒聯絡。

跟高鎮東分開那半年，我們還斷斷續續見過幾次面，我其實不太喜歡去他陽明山上那棟小別墅，那個地方雖然豪華寬敞，卻太空曠了，有時看起來陰氣森森，在那過夜我經常睡不好，但可能也只是因為王克那些性癖好的緣故，讓我有點心理障礙吧。

……他很有錢，這是很明顯的事，有眼睛都能看出來，可具體有錢到什麼地步，我並不太瞭解，只記得有一次他跟我開過玩笑，說他們家是收垃圾維生的。這話說得也不算錯，收垃圾，回收寶特瓶是收垃圾，回收大型廢船、廢料不也是收垃圾？

與高鎮東復合後，我跟他再沒聯絡，一直到今年農曆新年過後的開工日，王克主動打了通電話給我，想請我幫忙處理一部舊車。

我知道他好車不少，但我以為僅限於四輪的，沒想到他還玩重機。

好險那天沒把他叫來我們店裡，而是約在他家碰面，否則那輛老早停產的 CB-1 大概不會落到我手上。

下班後我去天母找他，王克直接開了地下車庫的鐵門讓我下去。

那也是我第一次見到 CB-1 的本尊。

激動之餘，幾乎立刻想到高鎮東。

我忍不住蹲下來與那輛車平視，男人對好車的執著情結，可能都是與生俱來的，我雖然不玩車，但也不能免俗。CB-1 是從當年第一代「車王」改過來的街車，可惜後來日本經濟衰退，嚴重影響到重機市場，車王至此成為一代人的絕響。後來的 CB-1 就是保留了車王原型的底盤跟引擎，好幾年前我曾在店裡一個熟客那邊見過車王本尊，卻一直沒看過後面這部改款上市的 CB-1，我記得它也是在九二年正式停產，現在都九九了，王克這輛車看上去還是很新，車胎磨損的程度也不嚴重，也不知道是專門買來收藏，還是保養做得好。

王克在旁邊說：「喜歡啊？」

我笑笑，沒回答，有點沉醉在 CB-1 起伏的浪聲裡，我問王克車買了多久，他說是九〇年買的。

「你保養得不錯。」我說。

王克走到我身邊，手也摸上坐墊，說那是因為沒捨得騎過幾次。

我問他打算怎麼處理，他聳聳肩，一副沒所謂的態度，「賣了吧，價錢好談。」

「繼續放在這兒也是生灰，還占位置，不如騰點地方出來，舊的不去新的不來嘛。」

王克又陸續說了些當年買這輛車的經過，以及這些年來的使用狀況，我聽得心不在焉，那幾分鐘，我竟有一股衝動：想把這輛 CB-1 買下來……

我問王克打算賣多少。

當時我蹲在地上，他站在我身邊，說：「幹嘛？你想要啊？」

王克一直以來給我的印象除了有點變態以外，就是聰明，經常能輕輕鬆鬆看穿別人心底在想什麼。光看穿不夠，還要戳破它。那對鏡片後的雙眼寫滿赤裸的渴望，那樣帶有情慾的眼神我不陌生，以前我們做愛的時候，也沒少被他這樣盯著看過。

他伸手摸上我的臉，聲音忽然低下來：「你想要，我送給你。」

王克近視其實不嚴重，卻喜歡戴著副細金邊眼鏡唬人。

他這人很多思想異於常人，愛戴眼鏡是覺得這讓他看起來比較彬彬有禮，起碼晚上出去野的時候，還能稍微遮一遮。那時我問他遮什麼，他說，「遮我的饑渴啊。」

……我一時恍惚，王克已經蹲下來，整個人幾乎埋進我胸口。

他咬住我的脖子，我是下了班直接過來找他的，澡都還沒洗，虧他下得了口。他不停叫我的名字，呼吸越來越粗重，我趁他將手摸進褲頭前擋開，他愣住，確認我不是開玩笑後，才慢慢把身體收回去，顯得有些狼狽。

過了會兒，才聽見他說：「你結婚了？」

我沉默幾秒，說：「沒有。」

「那你……」到此，王克像也不知道說什麼了，我站起來拉拉衣服，也差不多放棄和他買車的打算，「我幫你留意買主，這台是經典款，我們店裡有好幾個玩車的客人，你車保養得很好，應該不難辦。」

「有消息再通知你。」

說完，我急著想離開，王克又把我叫住。

「阿青！」

他扶正眼鏡，說：「你知道我不缺錢，你要真喜歡，我便宜賣你也一樣，價錢好說。」

我沒說話，王克又說：「不至於吧，床上不成，還能做個朋友。你知道的，我一直很喜歡你，是真的喜歡。」

「……再陪我一次吧，車送你也沒問題。我是認真的，不是看不起你，你別想太多。」王克說。

這話前後說得很奇怪，簡直充滿矛盾，可不知為什麼，我就是走不了。

我還是留了下來。

我那晚和王克其實是做了。做半套。

我跟他上樓，門一關，王克就變得非常激動，儘管在地下車庫的時候，他看起來高高在上，但當他主動跪在地上給我口交時，又像把自己踩到了塵埃裡。

那輛 CB-1 我其實是想送給高鎮東。

但與王克上樓，卻又不完全是為了得到那輛車。我沒偉大到為了高鎮東而去賣身。

純粹是被一股衝動帶著走，很奇怪，當我聽見門關上的聲音，心裡竟產生一種終於與高鎮東「扯平了」的快感……

我和王克沒做全部，但事後，他還是像以前那樣趴在我的背上，親吻、撫摸。他把一串冷冰冰的鑰匙塞到我手心，低聲說：「你的了。」

我感覺自己像被嫖了一次。

那晚真的是這輩子和王克最後一次見面了。

離開那棟大樓後，我把他的號碼從手機裡刪了，從此再沒有過他的消息。

那輛 CB-1 到手後，我沒有馬上送到高鎮東面前。

我把它牽回公司的地方暫放，利用閒置時間，重新把它的外觀改裝一遍。

我記得以前高鎮東說過，他夢想中的一輛車就要跟烈火一樣紅。跟《大逃亡》裡那輛車一樣那麼拉風。

我花了將近兩個月的時間去改車。電鍍、噴漆，每一處仔細無比。

為了這輛 CB-1，那陣子我不常去接高鎮東下班。

程耀青的婚禮也一天天地逼近。被老爸押去迪化街做的那套西裝，預定四月初完工。那家製衣店打電話給我爸提醒去拿衣服的當天，正巧還是四月一號愚人節。

那天高鎮東陪我去迪化街拿西裝，我們還順便去附近的城隍廟拜了一圈，廟裡的一角供著尊月老，十年之後，不知道為什麼，那尊月老變得極其出名，許多年輕人爭相朝拜，連明星也隨之瘋狂，整間城隍廟因那尊月老香火旺盛，靈驗的傳聞越來越多，連新聞都報導過……

我跟高鎮東也曾在那拜過那尊月老。就在一九九九年。

那時許了什麼願，我也忘了。只記得那個畫面。

鋪了紅布的供桌，兩邊燃著嫋嫋的煙絲，生果供品擺滿桌面，還有幾盤還願結善緣的喜糖，亮晶晶的，糖紙什麼顏色都有，牆上左右貼著兩副對聯，「願天下有情人終成眷屬，望天下眷屬皆是有情人」。

我和高鎮東各舉著香，站在那尊月老面前，草草拜了三拜。

三十七—高鎮東

這陣子我和程瀚青很少碰面。

他弟弟的婚期越來越近，大小瑣事大概都需要他這個長子兼大哥幫忙操心。

上禮拜我們去辦了簽證，程瀚青當時還問我幹嘛這麼急，我三言兩語糊弄過去，並沒對他說實話。

晚上上班時，Mei 姐給了我一隻信封袋，「哪，拿去。」

我伸手接過，也沒拆封，笑嘻嘻與她道謝。

她點了根菸，好奇地問：「難得啊，怎麼，交女朋友啦？還帶人出國去聽演唱會？」

我沒反駁，問她：「妳女兒最近怎麼樣？」

Mei 姐愣了一下，像是不解我怎麼突然關心起她女兒來，我笑笑，接著說：「誰不知道妳女兒就是妳的命啊？關心她就是關心妳嘛。」

Mei 姐咕了聲。她也四十多歲了，已不能跟外面那班年輕貌美的小姐比，但仍有屬於這個年紀獨有的成熟韻味，銀坊很多大客特別喜歡點她的檯，專門點她去聊天談心，幾個重量級的客人都被她安撫得很好，我一直很放心把店裡一票小姐交給她管教，只不過 Mei 姐有個缺點：喝醉就發酒瘋。每次又哭又鬧。

Mei 姐噴出一口煙，擺擺手，樣子瞧起來顯然並不想多說家裡的事。大家都是明白人，我也沒再探究。她家那些爛事，店裡的人大約都知道一點。都是孽債啊——這是 Mei 姐自己的原話。

我忽然想起那天在蛇湯店看見她女兒和許文強混在一起的事，不願多管閒事的心情占了上風，就那一念之差，最終我還是選擇保持沉默。

「對了，」Mei 姐對我講：「小萍的事要怎麼處理啊？」

講到這事，我的臉就沉下來。

小萍也是銀坊的小姐，做了快四年，其實幹這行的，小姐突然一聲不吭就人間蒸發的惡性離職事件並不在少數，每家店或多或少都出過這種事情。一般來說，若沒有特別造成什麼嚴重損失，其實我們也不會特別花心力去找人。小萍這幾年在銀坊的業績一直半高不低，表現尚可，就是她那個同居人是個拖後腿的，最沾不得的三樣黃賭毒，一次就碰了兩樣，還曾經在小萍上班的時候跑來銀坊鬧事，被我叫人拖出去，那時小萍跪在地上，苦苦哀求我們不要報警，放過她男人……

前段日子有幾個小姐發現小萍置物櫃裡的私人物品越來越少，這是很不尋常的事。對這幫女人來說，永遠只恨置物櫃不夠大，誰願意天天提著大包小包的衣服鞋子化妝品跑來跑去，我們店裡有一大面牆的置物櫃，每個格子都塞得滿滿的，有時為了爭「地盤」，她們還會大打出手呢。

這些小姐都有顆七竅玲瓏心，小萍的異樣沒多久就被發現了。Mei 姐不吭聲注意了幾天，也發覺不對，私下找小萍關心了幾句，誰知道兩天後人就沒再在銀坊出現過。小萍的置物櫃搬空了，打她的手機、家裡電話也都不通，Mei 姐差點氣死，當著許多小姐面前罵：「她這是做什麼虧心事啦？溜這麼快？」

那些小姐整天就愁無八卦可談，難得出了小萍這樣一件不大不小的新鮮事，一時都嘰哩咕嚕地扯開了，紛紛猜測小萍消失的原因。有人說她是欠了高利貸；有人說肯定是她那個男朋友又惹了什麼事，躲開了吧。也有人說，她是跟別的男人跑了。

我心想也不是什麼了不得的人物，懶得追究，叫 Mei 姐不用管她，反正沒什麼損失。

Mei 姐看了我一眼，癟了癟嘴。

「對了，票一共多少錢？我直接劃妳帳號裡。」我晃了晃手中的信封問。

她攏了攏頭上的假髮，語氣有些得意：「免啦！我跟陳董說是我打算休假帶女兒去的，他也沒跟我算錢，嗤，白給你撿到啦！」

我笑：「那怎麼好意思！陳董賣的是妳的面子，又不是我的。」

「少來啦！也沒說白給你，先讓你帶女朋友去逍遙幾天，回頭你欠我一個人情，我記著啦！」

說完，Mei 姐蹬著腳下的高跟鞋，趾高氣揚地走了。

我想，她絕對是我遇過最要強的女人，沒有之一。只可惜遇人不淑，命運也不眷顧她，一腳踏進這個無底火坑十多年，怎麼都爬不出去。

●●

九九年的冬天特別長。

到了三月氣溫才漸漸回暖，四月才真正有了春天的樣子。

徹底消失的小萍也漸漸被遺忘，只是五月的第一天，又發生了一件事。

那晚，小萍那個同居人突然在銀坊門口出現，大呼小叫的。那個邋遢不羈的男人形容枯槁，眼窩深陷，差點讓人認不出來。這副樣子一眼就瞧出有問題，銀坊是領正式牌照做生意的，不時也有長官出入，最忌諱這些「東西」。

那尾毒蟲來鬧事那天，東山那幾個人正好也來喝酒，每個人都在看戲，幸虧 Mei 姐發現得早，早叫人把他攔在店外，我下樓的時候，小萍那男人已被幾個圍事的小弟拖到附近的巷子裡，打得直不起腰來。

那個男的毒癮犯了，被我們店裡幾個人高馬大的少爺壓在地上，身體不停地抽搐，說話語無倫次，嚷著要找他老婆、找他的女人——還說什麼我們把他的女人藏了起來，教她偷人……我他媽懶得理他，這種狀況最簡單的方式就是直接報警。以前因為小萍我放這廢物一馬，現在終於不用再賣誰面子，我這輩子最他媽瞧不起吸毒犯。

店裡的小姐還真是矇對了。人染了毒，一輩子基本就沒啥希望，小萍跑了，如果不是自己跑的，那就是跟別人跑的。不管怎樣，總算是聰明一回。

一個少爺忽然大叫。

「馬的——怎麼濕了！」

那個男的忽然失禁了，尿濕一褲子，幾個少爺的褲腳紛紛遭殃。

他們氣得把他痛踹一頓，我冷眼旁觀，覺得過頭了就喝止他們，叮囑他們別鬧出人命。這也算是現行犯，警察到了之後，直接將他上銬，上車前，那個男人眼神怨毒地盯著我看，大吼：「是你！就是你！他媽聯合那個臭婊子讓老子戴綠帽！我操你媽的——我殺了你——我殺了你！」值勤的幾個熟識的警察一聽這話，面色都有些微妙，那個男人被推進車裡，車門關上，才終於清靜。

我拿了兩包菸請那幾個警察，也沒解釋，招呼過後就準備回店裡，一轉頭，就見東山那個陳虎站在騎樓下，一張臉面無表情地盯著我們這邊看，也不知道看了多久熱鬧。

我當看不見他，直接進了店裡。

那晚下班，程瀚青沒來。

我忽然有種已經很久沒見他的錯覺，可實際不過兩三個禮拜，卻已經讓我有點不習慣。

到家後差不多是凌晨四點。

我躺在床上，始終沒什麼睡意，有點心神不寧……

張學友那兩張香港演唱會的票被我放在桌上，日期是六月五號。我事先沒跟程瀚青說過這件事，就連什麼時候去香港的日期都還沒跟他訂下來。

但我就想跟他一起去。

……窗外天色漸漸泛白，我坐起來抽菸，房間很暗，音響一直開著。

現在這張《吻別》不是以前那張，舊的那張被程瀚青一腳踩得稀巴爛，無藥可救，後來我只好重新買過。

這首歌當時出來紅遍大街小巷，火熱的程度有個非常誇張的說法，是說：只要有風吹過的地方，就有《吻別》這首歌。那兩年銀坊裡點播率最高的兩首歌，除了劉德華的《忘情水》，也就是《吻別》了。

兩根菸抽完，我拿起手機，左思右想，給程瀚青發了一封簡訊。

內容很簡單，我寫說：**六月初我們去香港吧，你請得到假嗎？**

簡訊發出去的時候，接近清晨六點鐘，程瀚青直到下午才回覆。

這次他沒再問我為什麼那麼急，只問我具體是哪幾天，我醒過來看見這封訊息的時候，差不多是下午四點了，從我清晨給他發訊息到現在，又隔了將近十個小時。

我回他：**就六月三號到七號吧**。

晚間七點多程瀚青回覆，一塊錢一封的簡訊，就寫了一個字：**好**。

三十八——程瀚青

很多年後，當程耀青驚怒地質問我的性向時，我知道，以前青春期那些遲來的噩夢，終於來了。

那時程耀青已與容家生了兩個孩子，大女兒程妮妮都五歲了，小的那個還頭上腳下窩在媽媽肚子裡。第二胎超音波照出來是個帶把的兒子，我爸不知道有多高興，程耀青的人生，也一如我們當初的期望，越來越好——

因為他，原本這個可能支離破碎的家，才變得越來越完整、和樂……

幾年前千禧年將近的時候，曾聽人說過那天可能會是世界末日。

事實證明，從一九九九年十二月三十一號正式結束的那一秒，到現在兩千年都過去很久了，這個故我的世界也依舊故我，每一天太陽照常升起，人類也沒有滅亡。

這幾年老爸一直催我結婚。那股積極勁，比起多年前著急程耀青和容家的婚事還要十萬火急。他們三個像是在某個我不知道的情況下達成了陣線，不時輪番遊說我，想方設法給我介紹對象。容家還比較委婉，反而程耀青自從當了爸之後，就直接跟我卯上，時常緊盯我的私人動向，比女人還要八卦，大概就是因為這樣才會被他發現。

我萬萬沒想到程耀青會是家裡第一個發現我喜歡男人的人。

從青春期開始我幾乎一直莫名堅信：將來那個第一個發現的人一定會是我老爸（大概是因為小時候在家裡我最怕的就是他）。

兒子怕老子，大概是種天生的自然恐懼，十幾歲那時我作過很多噩夢，夢裡無一不是被我爸撞破自己的祕密，每次驚醒都滿頭大汗。我一直小心翼翼避免這件事情的發生，後來家裡出事，我爸中風後，這種恐懼感又變得相當複雜——童年時期他拿皮帶狠狠抽我的場景我永遠忘不掉，後來他躺在病床上，半邊的臉僵硬麻木，眼歪嘴斜，連青仔都叫不清楚……

每次我給他擦口水的時候，都忍不住在心裡懷疑：這個人真的是我老爸嗎？

也許他以後都再動不了。打不動我。也罵不動我。但我發覺，這樣脆弱的老爸，卻更讓我頭皮發麻，簡直比以前那個動不動就能把我打出一臉鼻血的暴躁父親還要恐怖。他養了一年多的病，我親眼看著他的頭髮在那一年裡幾乎翻白。我不知道怎麼形容那種感覺，這樣的老爸讓我變得不敢接近，於是我選擇逃避，把他推給程耀青，寧願出去沒日沒夜的賺錢，也不想面對他。

長期壓抑的恐懼在那時候起了變化，我發覺自己更怕他會死——怕我爸有一天會被我氣死。

然而這些最後通通沒有發生。

因為程耀青先代替我爸作了那把落下的斷頭刀。

當它迎面劈下來時，我卻沒有想像中的那麼慌亂、無措。

那天老爸不在家，程耀青面色難看地杵在我房間裡，焦躁地抓住我的手臂，抖著聲音說：「哥，你老實告訴我，你到底怎麼——你，你不是吧！你不是對不對！」

我無數次想像過這種情況會怎麼發生，總以為到了那一天，我大概會痛苦得不知所措，甚至打死不認，可面對程耀青的質問，不知為何我無比鎮定與平靜。我沉默很久，下意識瞄了眼客廳，程耀青憤怒地推了我一把，失控怒吼：「爸不在啦！」

他眼眶發紅，極度不安，好像只要我一點頭說是，他就能直接崩潰。這搞得我們倆的角色彷彿是對調過來的，好像今天被發現同性戀的那個人，是程耀青不是我一樣。

我的良心可能被狗啃了，看著焦躁不已的程耀青，有瞬間，我除了有點想笑之外，其他的感覺都接近麻木。這份平靜並不尋常，不知道跟年紀有沒有關係，但我幾乎感到一陣解脫，好像一顆長年背在背上沉甸甸的巨石，被人一撞，直接砸碎一地。

我坐在床邊，一下想起九九年九二一大地震那夜。

那一夜，所有人都在天搖地動中抱頭鼠竄，叫得跟殺豬似的，誰都不知道下一波餘震何時再來，街坊鄰居裹著棉被坐在路邊，有母親哄著懷中的新生兒；有的年輕人背著家中不良於行的老人……那晚，若有人抬頭注視過台北的天空，大概都有印象，九二一那晚的夜色，其實透著某種非常詭異的暗紅，比千禧年，我覺得那更像是世界末日。當時路邊坐著很多人，至於我和老爸、程耀青和容家，四個人就窩在我爸那台計程車裡熬了一整夜……

其實在地震發生之前，我就莫名其妙從睡夢中清醒，四周安靜死寂，我突然有種很不好的感覺，結果過沒兩秒鐘，地震就來了。櫃子上不少東西劈里啪啦掉下來。那些ＣＤ、書、還有車模型，我爸衝到我房門口大喊：「青仔！青仔！緊起來！」

到處都兵荒馬亂的，我甚至聽到窗戶外有很多人在尖叫，但我就是沒動作，躺在床上動都不動。

地震越晃越大——我直直盯著天花板，要不是老爸後來衝到房間把我扯下床，我可能真的會一直躺在那裡。

我感覺自己並不害怕，那一刻只是覺得很累，非常累，累到我不想動，哪怕天花板會直接垮下來。

……程耀青跪在地上哭。

我知道他不是跪我，只是沒辦法承受。程耀青從小有顆聰明腦袋，難得的是還很勤奮，只要他下定決心努力要去做的事，很少有不成功的。程耀青就是小時候那些老師不斷給學生洗腦的那類勵志故事中的主人翁。說：人生就是要努力。耕耘就會有收穫。他的人生幾乎按照這種腳本在發展，讀書考試，成家立業，先苦後甘，我一路看著他走過來，看他慢慢長大。

可那一天，這個已經作了爸爸的程耀青，好像一下又變回十幾歲時的臭小子，是那個會半夜跑到我房間來，抱著我哭說「很想媽媽」的臭小子。

程耀青跪在地上，臭小子不知道從哪部電視劇學來的，連我媽的遺照都捧到房間裡來，抱著那相框跪坐在地上，喪氣得像死了全家。

以前高鎮東不止一次說過，覺得我把程耀青當兒子，這話大概沒說錯。在我眼裡——或者說，在我跟我爸眼裡，程耀青無論多大，永遠都是以前那個掛著金豬頭，鼻涕掛在嘴邊的臭小子。

這臭小子抱著我媽的照片，而照片裡的那雙眼就那麼「看」著我。看得我啞口無言。心生愧疚。程耀青跪在地上抱住我的腿，哭說：「哥，這沒未來的，行不通的！我們家好不容易都好了，什麼都好了，哥，我們好好過日子吧，求求你，我求你——」

那年我三十六歲。仍然單身。

其實面對程耀青的質問，我大可不要承認。因為我跟高鎮東早已徹底地分開。

我們分開的方式相當荒誕。

因為高鎮東死了。

——**那是一九九九年。他被人當街砍死在林森北路。**

程耀青也在一九九九年結的婚。

那個早上，是我親手拿香點燃家門口那兩大串紅鞭炮，穿著生平第一套量身訂做的西裝，陪著程耀青去把容家娶回家。

老媽過世後，這是我們家第一件喜事。那天老爸容光煥發，整個人看去都年輕了好幾歲。晚上的喜宴還算熱鬧，程耀青這個新郎官牽著容家在台上致詞時，最後，還與容家一起拿著麥克風大喊，哥，我愛你。

那時我尷尬無比地站在台下，賓客們哄堂大笑，掌聲口哨四起，老爸笑得滿臉紅光……

以前聽人說幸福得來不易。我想那時大概就是這種感覺吧。一九九九年那個五月。我們家終於辦了件大喜事，添口添丁，以後真正要幸福美滿。

也是那個五月，從此讓我在午夜夢迴裡難以釋懷。

後來的日子我經常作夢。

夢裡常有一片紅色，紅得就像那輛我曾經親手改裝的 CB-1。我常常夢見他回來了。我們真的去香港聽了張學友的演唱會，聽完後就一起回到三重那棟舊房子裡……

那份報紙當年被我爸用一杯永和豆漿隨意壓在餐桌上。一九九九年五月二十九號，我永遠不會忘記那一天，我跟高鎮東真的永遠不會再有第三次機會——

「阿伯！」

我被喊回神，一個背著小書包的小女孩興沖沖地朝我狂奔而來，我蹲下來把她接住，孩子那股煞不住車的衝勁就像顆小炸彈，我一把抱起她，程妮妮在我的臉頰上重重親了一口，一雙短腿懸在空中亂晃，可愛得不行。

「阿伯！帶我去看弟弟，我要看弟弟——」

小時候程妮妮牙牙學語，開口學會的第一個詞是媽媽。第二個就是阿伯。反倒是程耀青這個親生老爸被她甩在最後面。這個小ㄚ頭從小就跟我親。算命的講過，程耀青這個女兒天生跟我有緣，我不知道是不是真的，但比起程耀青後來那個小兒子，我確實更疼她，她脖子上那條刻著兔子的小金鎖，從三歲一直戴到現在，程妮妮把它當寶貝，碰都不准別人碰一下，洗澡都不肯拿下來，小時候不小心扯斷過一次，她哭得翻天覆地，全家怎麼哄都哄不停，結果不知道怎麼搞的，哭到痙攣發作，渾身抽搐，翻了白眼，差點把容家給嚇死……
後來是我爸將那條鏈子拿去銀樓修，才重新給她戴上。程妮妮高興得不得了，童言童語地說：永遠不要把它拿下來。
程耀青事後對我抱怨，「哥，你抱回家養吧，都不知道是我生的還是你生的！」
看著程妮妮在病床上抓著那條金鎖片不鬆手的樣子，誰都不知道我用了多大力氣才忍住不至於當場痛哭。
……時間過得很快，很多才像昨天發生過的事，一眨眼，孩子都要六歲了。
我抱著越來越大的程妮妮，故意用鬍子蹭她的臉，把她蹭得咯咯笑。容家前幾天好不容易才把兒子生下來，三千多克的胖小子，把我爸高興得不得了。程妮妮當時還有點傷心，偷偷問我，會不會弟弟生下來我們都不疼她了，我跟她保證不會。
我告訴她：要是你爸媽不疼你，你就來當阿伯的女兒，我疼你一輩子。她又咯咯咯笑了好久。
我很愛這個孩子。
「走，阿伯帶妳去看弟弟。」

三十九——高鎮東

活了三十年，我還沒主動給別人寄過什麼信，以前追女孩子的時候也沒有過。

去香港的機票買好了，只差沒跟程瀚青說我還買了張學友演唱會門票的事。

那天閒來無事，一時就動起想給他寄信的念頭，其實我沒什麼話要對他說，只想乾脆把演唱會的票寄給他，當個驚喜也好。我很少搞這些東西，提筆在信封上寫地址時還特別確認過幾次，就怕把寄件人跟收件人的地址寫反，信封只裝了兩張門票，再沒放其他東西，演唱會地點在香港，應該一看就明白吧。

晚上去上班的路上，順手將信投進了中山北路上的郵筒裡，我開始好奇程瀚青收到票之後會有什麼反應。

為了把六月假給挪出來，程瀚青在忙完他弟的婚禮後，又開始忙工作，所以這個五月我們見面的次數格外少，他幾乎沒再來接我下班，我居然有點不適應……

五月下旬，Mei 姐終於得了頭皮炎，迫不得已只好跟我請了三天假去照顧她的頭皮。

我忍不住在電話裡唸了她幾句，准了她的假，她建議讓小穎暫時接她的位置，我一一應下，告訴她不用操心。那幾天我和程瀚青都保持聯繫，有時是一通電話。有時是一封簡訊。我們的作息是完全顛倒的，經常他剛起床準備上班的時候，我才正要入睡；當他上床休息時，差不多是我一天最忙的開始。一天下來，彼此剛好醒著，且能清醒說話的時間差不多只有下午到傍晚的那段空閒。

程瀚青一直沒有提到是否收到那兩張演唱會門票的事，算算也過了兩三天，我不太清楚郵遞流程具體需要多少個作業日，只當他是還沒收到，他沒提，我就不問。

他弟那盒喜餅在我家擺了好幾天，我不愛吃甜食，又覺得這沾喜氣的東西放到發霉也是浪費，乾脆拿去銀坊給那些小姐分去吃。

她們看到喜餅時各個睜大眼睛，七嘴八舌纏著問我是不是結婚了？跟誰啊？

我索性跟她們開玩笑，「是啊，結啦！以後都跟我保持距離。」

她們驚呼連連，不停問我老婆長得什麼樣子、漂不漂亮、有沒有照片……我先是應和幾句，後來發現這群女人實在沒完沒了，就懶得再理她們。天知道這芝麻綠豆的小事是怎麼傳到小麗耳裡的，她人都已經跳槽到香格里拉去了，消息居然還這麼靈通，可見這群女人的長舌，他媽長得超乎想像。

當天下班時分，小麗就打了通電話給我，又開始發瘋，歇斯底里質問我跟哪個賤女人結婚，一下罵我是個賤人，一下又問我娶的那個賤人是誰……一聽就知道是醉了，她又哭又鬧，隔著電話，喊得我耳膜作痛。

她這種三不五時的失控行為，這幾年來我已經見怪不怪，於是也沒說話，隨她罵了十幾分鐘。我不會再隨便掛她電話，之前有過一次經驗，結果就是她醉醺醺地拿著美工刀跑到我家樓下，瘋瘋癲癲地要割腕。

「高鎮東，她到底是誰啊——你告訴我！她是誰！」

「她有我愛你嗎？她懷孕了是不是，你為什麼娶她都不娶我啊？」

我把手機塞進口袋，模模糊糊地，再也聽不清楚她後面說了些什麼，只隱隱約約聽到一句，像是叫我去死。

那幾天很奇怪，總有各種意料之外的女人給我打電話。

二十八號那晚，差不多十點左右，我手機有兩通未接來電，相隔時間很短，都是無號顯示。

起初我沒在意，直到接近十二點，櫃檯那裡一個小姐跑來找我，說有個女人打電話到店裡找我。沒想到是那個消失的小萍。

店裡很吵，那頭聽起來也不安靜，電話裡她說：「東哥，是我——小萍。」

剛開始我沒聽清楚，她又說一次，我才聽出來。

我也沒去追究她之前突然「消失」的原因，只問她有什麼事。

她支支吾吾的，說不出個所以然，我有點不耐煩，對她說我還有事忙，沒要緊事就先掛了，她才急急喊了一聲，好像趕時間一樣，說了句莫名其妙的話：「東哥，我對不起你……你……你最近自己小心一點！」

說完就把電話掛了。

我翻出她以前留下的號碼，一支是家用號，一支是手機號，再打過去不是沒人接，就是停用。

我想了想，以為她是指先前她那男人來銀坊鬧事的事。我把那個男人交給警察，這個梁子算是結下了，難道她是擔心那個男人會來找我麻煩？我覺得有點好笑，那個男的想報仇就來，我還會怕一條拉K拉到尿失禁的毒蟲？

後來店裡的客人多起來，Mei姐不在，我變得比平時更忙，這件事我也就沒放在心上。

那天凌晨下班後，我照舊在店門口跟小姐們道別。

林森北路的夜晚大抵如此，天色就跟重工業汙染過的河水一樣黑，幾根燈桿布滿陳年汙跡，不是醉漢扶在那裡吐過，就是有人在那裡撒過尿，所以在這帶混熟的人，一般都不會隨便往牆角或電線桿上靠。

我那輛三菱差不多都停在一個固定的地方，與銀坊隔了一條巷子，我邊走邊看手機，有封來自程瀚青的訊息，正要打開，就有電話打進來。

又是小麗。

我想也沒想直接按了切斷。她又打來。

「操！」我低罵了聲，覺得很煩，乾脆連程瀚青的簡訊都不看，就把電話塞進口袋，手機跟奪命連環 Call 似的震個不停，響了又斷，斷了又響……

我穿過巷子，走到自己那輛破車旁，今晚程瀚青還是沒來，我卻在隔壁車格裡看見一台異常招搖的機車。

這車很新。整輛車身閃閃發亮。

我以前沒在附近見過這輛車，要是見過，肯定忘不了。

……我忍不住打量這輛大紅色重機，視線不禁從龍頭掃到坐墊，左右兩邊還各安著一隻風騷的黑色皮箱，摩登又惹眼，我皺起眉頭，頓時湧出一個詭異又瘋狂的念頭。

這輛機車就停在我那輛三菱旁邊，有包鼓起的白色信封正夾在擋風玻璃的雨刷裡，我抽出來拆開，倒出一把鑰匙。

我在原地愣了很久，後來慢慢蹲到地上，接著對著那把車鑰匙傻笑、大笑。

除了笑我不知道還能有什麼反應。

捏緊那串鑰匙，上頭的鋸齒陷入掌心，壓出一道深深的痕跡，好像給人咬過一口，我把拳頭擋在嘴前，心跳得很快，越來越快……總之久久不能平靜。

我不知道怎麼形容這種感覺，很興奮、激動到想跳起來吶喊——媽的，程瀚青！

程瀚青。一想到這三個字，就感覺有團火在身體裡狂燒，我拿出電話，手還在抖，打開那封未讀簡訊，只有四個字。

生日快樂。

——發送時間是凌晨兩點半。

……我幾乎癡迷地摸著那輛車，控制不住那股衝動：我想立刻去找程瀚青。跟他騎這輛車，兩個人飆去金山，直到太陽升起。

我現在就想見他，想跟他做愛，什麼事都不管……

燈火朦朧，巷子裡都是酒家的歌聲，我抓著那串鑰匙，忍不住在附近跑了一圈，還繞到魷魚羹攤那裡，卻沒找到程瀚青人影。

我還是很想見他。

雖然沒去過他家，但我知道他住在哪。凌晨四點多鐘，我抓著鑰匙往回跑，一秒都不想再等，我一邊跑一邊歡呼，彷彿直接奔回十七、八歲，那時我們像一匹拴不住的野馬，每天想去哪就去哪，想幹嘛就幹嘛——

我現在就要去找程瀚青。

去找他。騎著這輛車去找他！

我跨上車，一把將鑰匙插進鎖孔，發動時，那股浪聲衝出來，拉風到不行，我正要倒車，突然有個男人在背後喊了我一聲。

「喂！」

我來不及回頭，後照鏡裡，就瞄見一隻揮過來的球棍，我閃不過，一陣劇痛已在頭上爆開。

四十——程瀚青

高鎮東是雙子座。過了十二點就是他的生日。

我想了將近一個月，決定把那輛 CB-1 當生日禮物送他。

那晚我把車騎到銀坊附近，就是他平時停車的地方，等了快兩個小時，才把他那輛二手車旁邊的空位給等出來。

我小心翼翼將那輛 CB-1 給停進去，讓它捱在那輛三菱邊，摸出口袋的信封，把車鑰匙裝進去，夾在擋風玻璃上。

整條巷子歌聲不斷，那時已經一點多，我坐在那輛 CB-1 上抽了好幾根菸，看著路上那些來來往往的酒客。

我其實沒打算留下來看高鎮東會有什麼反應，但又忍不住好奇他會有什麼表情。

前兩天我就先把自己的車騎過來停在附近，一直坐到兩點四十幾分，直到高鎮東快下班，感覺應該不會有人來偷鑰匙或偷車，我才騎車回家。

我從來沒有為誰的生日這麼費盡心思，這些事我都是第一次，但這個摸索的過程裡，我卻異常快樂……

再過兩天五月就要結束，我們約好了六月去香港。

回家路上，我在中山北路上一路狂飆，我心情是很好的，夜風颳在擋風罩上，幾個停下來等紅綠燈的時刻，我其實都有一絲衝動想掉頭回去——但我忍住了。

我開始想像，不知道高鎮東看到那台車了沒？喜不喜歡？是不是樂瘋了？

深夜，馬路上車很少，手指敲著儀表板，心情好到臉上都是笑，我忍不住哼起高鎮東每次飆快車時最愛放的那首《愛火花》，可不可不叫著要歸家，可不可不說話似哭啞巴——綠燈亮起時，我蓋下擋風罩，將油門直催到底。

四十一——高鎮東

「喂！」

……我摔在地上，那一棍敲得我兩眼發黑，我感覺一股溫熱的液體從鼻腔內湧出來，耳膜嗡嗡的一片，有瞬間我眼前糊成一片，耳朵也聽不清楚。

好幾雙腳停在眼前，還有一支棒球棍抵在潮濕的地面。

我想爬起來，又一棍狠狠敲在我背上。

我像是聽到骨頭斷裂的聲音，劇痛擴散，幾乎半邊身體都麻了，這幾個男人拿著棍子，二話不說圍著我一陣猛打，我捂著後腦勺，頭越來越暈。

突然一聲巨響。

那台紅色重機被另外兩人推倒，一人一支球棒，對那輛車一通狂砸……

附近幾間酒店門口紛紛有人站出來張望，沒人出來阻止，也沒人報警。

……我眼睛發熱，忽然不知哪來的力氣，一下從地上竄起來，抓過水溝邊堆著的塑膠酒箱一把摜過去。

「幹！」

那一疊塑膠箱啪啦啪啦倒落在地，我朝其中一人的膝蓋猛踹一腳，那邊那兩個砸車的王八蛋一察覺不對，又全衝過來堵我。

我丟下箱子，頂著一頭血往巷子裡跑，我半邊臉全是濕的，視線很模糊，那條巷子很窄，兩個人無法並肩而行，我衝進去的時候，拎起地上一隻空酒瓶，那四個男人前後追進來，其中一個貼上來時，我轉身將酒瓶砸在對方的鼻梁上，酒瓶碎了，那個人慘叫一聲，倒在後面三個人身上。

陸續有人發現這條巷子出了事，上方不時傳來窗戶拉開的聲音，有歌聲，還有好多女人在叫……

我向前跑，只覺得頭越來越沉，就要跑出巷口的時候，拐角忽然閃出一個身形矮小的男人，迎面與我撞在一起——

夕陽醉了落霞醉了，任誰都掩飾不了
因我的心因我的心早醉掉
是誰帶笑是誰帶俏，默然將心偷取了
酒醉的心酒醉的心被燃燒
唯願心底一個夢變真，交底美麗唇印
印下情深故事更動人……

……我窩在牆邊，按住肚子上那道口子，血不停往五指縫外冒，我死命咬牙，死盯著那個雙手戴著手套的男人從地上慢慢爬起來，他像個索命鬼，戴著鴨舌帽，背著光，臉看不太清楚，手上拿著刀，又朝我撲過來。

「啊——」

我們滾在地上一陣扭打，我死命掐住他的手腕，那個男人掙不開，就用膝蓋輾著我肚子上那道傷口。

操你媽！那一瞬，我腦子裡只剩下一個念頭：要死他媽一起死！

回來步入我的心好嗎？回來別剩我一個人
尋尋覓覓這一生因你，尋尋覓覓這緣分接近

斜陽別讓我分心好嗎？斜陽浪漫可惜放任
紅紅泛著酒窩的淺笑，何時願讓我靠近

……

回來步入我的心好嗎？回來別剩我一個人
尋尋覓覓這一生因你，尋尋覓覓這緣分接近……

那些卡拉ＯＫ的歌聲在空氣中糊成一片。

後面那幾個男人慢慢圍上來，我崩潰大吼，鬆開手，迅速抓過地上那半截酒瓶，那把刀子捅過來時，也把那半截酒瓶捅過去。

「我操你媽——」

四十二—程瀚青

我回到家，洗完澡倒回床上差不多三點半了，再過三個多小時，就得起床上班。……我閉上眼，遲遲沒有睡意。一直控制不住地想高鎮東看見那輛 CB-1 沒？有沒有看見那把鑰匙？是不是已經騎著那車飆出去了？今天應該沒臨檢吧？……我一邊想，又一邊覺得我也許在等他的電話。或一封簡訊。其實什麼都好。我也不是想聽他跟我道謝。就想聽聽他聲音，想知道他開不開心？躺到四點多的時候，他還是沒回消息，我按捺不住爬起來給高鎮東撥了通電話，電話響了很久，都沒人接，直接轉進語音信箱。我躺回床上繼續等。

後來窗外隱約傳來鳥叫的聲音，我也不知道自己是什麼時候睡著的。

四十三——高鎮東

酒醉的心酒醉的心被燃燒
唯願心底一個夢變真，交底美麗唇印
印下情深故事更動人
……
斜陽別讓我分心好嗎？斜陽浪漫可惜放任
紅紅泛著酒窩的淺笑，何時願讓我靠近……

……直覺告訴我，我今天可能真的會死在這裡。

以前我總以為自己是不怕死的。直到這一刻我才發現自己大錯特錯。

我很想哭。

我忽然發現自己其實還沒活夠。我還有很多事想做還沒做——我還想去香港。

「幹！不是說只給他點教訓嗎！阿勇你動什麼刀啦——大仔又沒說弄死他啊！」

「靠夭，那是不是他的腸子……他死了沒，阿狗，你去看一下啦！」

我倒在地上，已經沒什麼力氣，那群痟三還在旁邊嘰嘰歪歪，但都不敢再靠近。

阿勇……我恍惚想起來在哪聽過這個名字。應該是以前拿著條鐵鍊把阿磊勒到腦部缺氧的王八蛋，當年那排手指被我掰斷後，聽說就進去蹲了。

我突然很想笑，又覺得喉嚨很癢，張嘴咳出來的全是血。

「幹，緊走啦！」

「他會不會認出我們？乾脆把他——」

「要就趕緊啦，我聽見警笛了——刀呢！」

「操，為什麼是我？每個人都有份好不好！」

「囉嗦啦！給我，我來——」

後來不知道誰在外面大喊有警察，那幾個癟三就溜了。

我躺在巷子裡，口袋的手機又震起來，震了很久，後來也安靜下去……

我想起程瀚青，還有那輛機車。

那兩張張學友的演唱會門票不知道他收到沒有？

我好想告訴他那車真的夠騷，我很喜歡。

……我很想去找他，想問他：程瀚青，要不要跟我一起走——

四十四——程瀚青

——早上我是被我爸叫醒的，我沒聽到鬧鐘響，直接睡過了頭。

我應該睡不到兩個小時，卻像做了一個特別長的夢，但醒來就全忘了。

「起床吃早餐了。」我爸說。

刷牙洗臉完，我拿起手機，高鎮東還是沒有消息。

餐桌上擺著熱騰騰的豆漿油條，老爸不知在廚房幹嘛，只聽他在裡面喊了一句：「桌上有你的批。」

我走過去翻了翻，多數是這個月的健保、水電，只有一隻牛皮信封袋上寫了我的名字，字跡奇醜無比。

看見寄件人的地址寫著三重那邊，我就笑了。

我走進房間拆信，拆開一看，裡面根本沒有信，也沒有隻字片語，只裝著兩張張學友的演唱會門票……

時間六月五號。在香港體育館。

我握著那兩張票，原本想再給他打電話，但想想，又覺得這時間他可能已經睡了，於是發了封簡訊給他。

出門前，我把那兩張票放進抽屜裡。

——那天是一九九九年五月二十九號。我永遠忘不了那一天。那是他的生日。

我等了他很久，再也沒有等到他出現……

我叫程瀚青。

「我曾經非常喜歡他，更為此瘋狂過。這種感覺我不知道將來會不會再有，但往後我肯定會經常想起他——直到有一天，我不再那麼難受為止。」

——《台北故事》完。

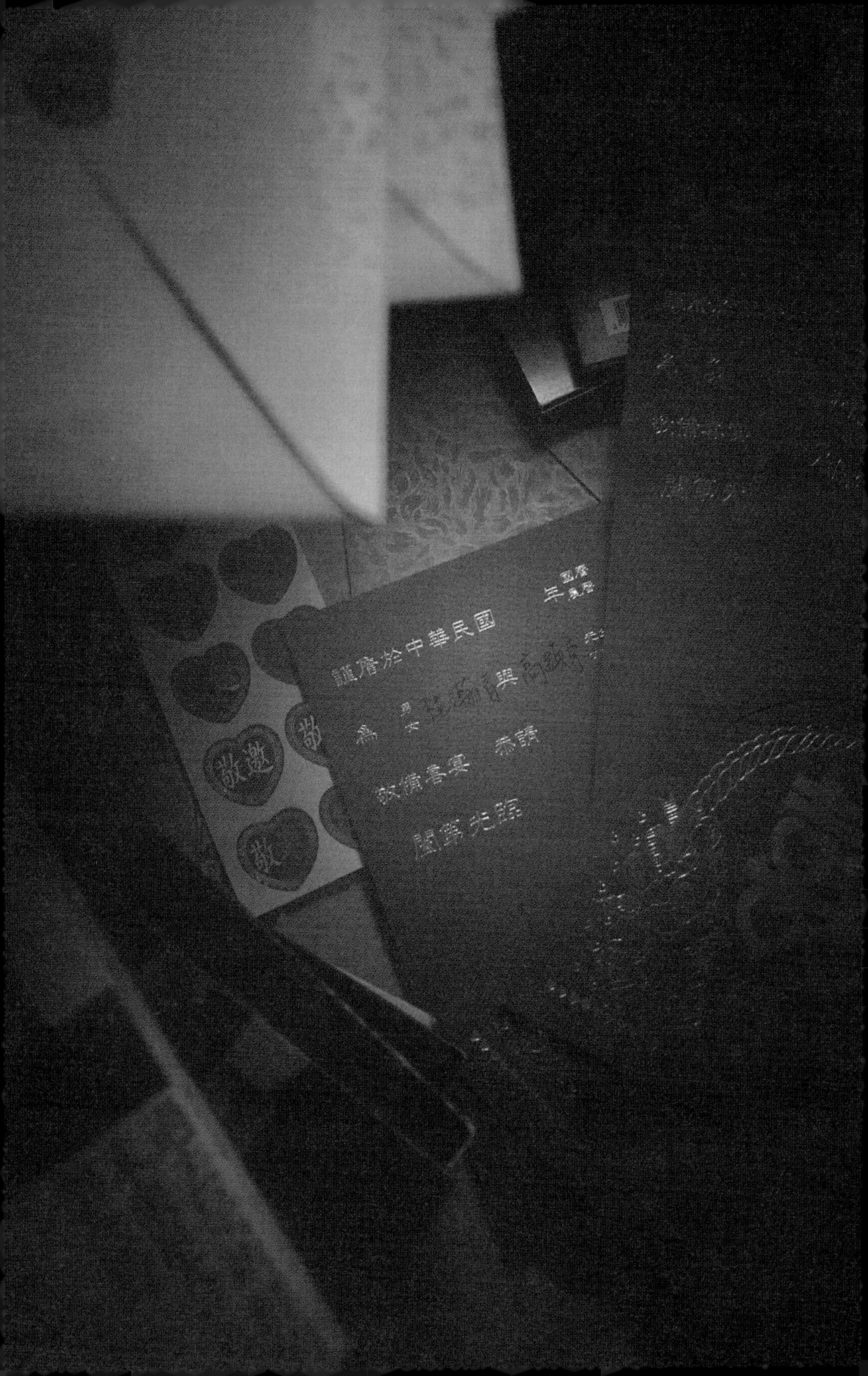
謹詹於中華民國
為
敬備喜宴 恭請
闔第光臨
敬邀

東方竹
黃牛肉麵
女優
企畫モ

豆仔麵

國家圖書館出版品預行編目資料

台北故事 / 台北人著. -- 初版. – 臺北市 : 鏡文學, 2018.03 ; 304面 ; 14.8 X 21 公分. -- (鏡小說 ; 02)
ISBN 978-986-95456-2-4(平裝)

857.7 107003359

鏡小說 002

台北故事

作者 台北人｜**照片攝影** 林俊耀、王漢順、林煒凱｜**責任編輯** 李佩璇｜**美術編輯** 林宜賢｜**校對** 渣渣｜**主編** 李佩璇｜**總編輯** 董成瑜｜**發行人** 裘偉｜**出版** 鏡文學股份有限公司 11070 台北市信義區東興路 45 號 4 樓 電話：02-6633-3500 傳真：02-6633-3544 讀者服務信箱：mf.service@mirrorfiction.com ｜**總經銷** 大和書報圖書股份有限公司 242 新北市新莊區五工五路 2 號 電話：02-8900-2588 傳真：02-2299-7900｜**印刷** 秋雨創新股份有限公司｜ 2018 年 3 月 初版一刷｜ ISBN 978-986-95456-2-4 ｜定價 330 元｜

台北故事
特別小禮贈送活動　　參加就送！

【活動辦法】

1. 將你的《台北故事》讀後感、最愛金句，或是想和作者台北人分享的話語、圖像、歌曲……，寫在本頁背面欄位中。歡迎自由發揮，不拘想像

2. 請詳細閱讀本頁下方【注意事項】，填妥【聯絡資訊】，並勾選【同意事項】

3. 沿虛線剪下本頁，裝入信封，並在2018/6/31（四）前（郵戳為憑）以郵寄方式寄回：
10070 台北市信義區東興路 45 號 4 樓
鏡文學出版部　收

4. 來函者皆可獲得拍立得照小卡一張，人人有獎！將於 7 月中旬統一寄送。

鏡文學
我曾經非常喜歡他，更為此瘋狂過。
這種感覺我不知道將來會不會再有，但我肯定會經常想起他
——直到有一天，我不再那麼難受為止。
～《台北故事》

贈品示意圖

【聯絡資訊】（請以正楷填寫以下資料，以免因字跡辨識困難影響贈品寄送）

姓名：　　　　年齡：　　　　性別：　☐男　☐女　☐其他

E-mail：

電話：

獎品寄送地址：

（務必留下有效郵寄地址，若贈品無法投遞，又無法聯絡到本人，恕視同棄權。）

【參加者個人資料使用條款】

參加者同意鏡文學股份有限公司，依照個人資料保護法之規定，基於「《台北故事》特別小禮贈送活動」（下稱本活動）之執行、蒐集、處理並利用參加者提供之個人資料（含姓名、E-mail、電話、寄送地址等），截至參加者主動請求主辦單位刪除、停止處理或利用其個人資料為止。有關本活動個人資料保護之事項，如需聯絡請洽：mf.service@mirrorfiction.com

【同意事項】

☐ 我已詳讀本活動之相關說明，並同意參與本活動之內容可供鏡文學留存、複印，以便日後活動運用。

請沿本線剪下

【注意事項】1. 本頁面影印無效。
2. 本活動限臺澎金馬地區讀者參與。
3. 請務必留下有效聯絡資訊，若地址有誤導致贈品無法投遞，又無法聯絡到本人，恕視同棄權。

鏡文學
MIRRORFICTION

關於 台北故事 我想分享的是：